大国主と国譲り

倭の国から日本へ 3

阿上万寿子
Masuko Agami

文芸社

目次

吾等《われら》が造《つく》れる国、あに善く成せりと謂《い》わんや
或《ある》は、成せる所もあり。
或は、成らざる所もあり。

『日本書紀』

一　色男

出雲の国の入海《いりうみ》は、東西に連《つら》なる。入海の東側は外海《そとうみ》に通じているが、長い砂州が島を作り、潮の流れを遮《さえぎ》っている。その砂州から東は、伯耆《ほうき》の国。伯耆の東は、因幡《いなば》の国だ。入海の西側は、狭義の出雲。出雲の大川「斐伊川《ひいがわ》」は、宇賀《うが》の山裾で西に折れ、広い入り江を経て西の海へと流れ出る。その河口は、「稲佐《いなさ》の浜」の南にある。そして、入海の南側の地は、「意宇《おう》」という。出雲の国の中心地として古くから栄えていた、豊かな土地である。

紀元前二十六年春。

意宇《おう》の社《やしろ》で、神事が行われている。祀《まつ》られているのは、「大物主《おおものぬし》」の神。出雲に鎮座する神であり、葦原中国《あしはらのなかつくに》の神々を統括する大神《おおかみ》でもある。祝詞《のりと》を上げているのは、奇稲田姫《くしなだ》だ。

登美《とみ》族の長彦は祭壇の傍に立ち、満ち足りた思いで、平和な光景を見渡している。境内を埋め尽くす大勢の人々。皆の表情も明るい。これが本来の姿だ。

この意宇の社で祭祀を行う者こそ、出雲本来の「王」。神の声を聴き、その声に従い、国を治める。登美族は、「祭祀王《さいしおう》」の一族として、長年出雲を治めてきた。スサノオが現れるまでは。

二十年前、越《こし》の国の軍勢を撃退し、出雲を危機から救ったのは、登美族の祭祀王ではなかった。高天原《たかまがはら》から来たスサノオだったのだ。「奇稲田《くしなだ》姫の婿《むこ》」になった彼を、人々は「王」と呼んだ。そして今、外から来たばかりのスサノオの息子が、奇稲田姫の娘スセリ姫の婿になり、次の「王」を名乗っている。

長彦は、思う。

神の威信だけでは、国は守れないのかもしれない。だが今、意宇の社には、これほど多くの人々が集まっている。皆、大物主の神を信仰しているのだ。人々の思いに応《こた》え、大物主の神威を復興させることが、我等登美族の使命ではないのか。

「大国主様！」


若い女の声に、長彦は、はっと我にかえった。

いつの間にか神事が終わり、人々が帰り支度を始めている。が、何か様子がおかしい。女達が皆、同じ方を向いている。そわそわと落ち着かない仕草をしながら、首から上は、一点に集中している。

「大国主」とは、スサノオと刺国若姫《さしくにわかひめ》の間に生まれ、美少年として知られていた、葦原醜男《あしはらしこお》のこと。この春出雲に来て、「王」を名乗っている若者だ。

「大国主様！」

呼びかけた女が走り出し、他の女達もつられて動き出す。彼女達は、次第に大きな群れになり、大国主がいる方へと流れていく。

長彦は、慌てて女達の後を追った。

止まった群れの真ん中には、女達に囲まれ立ち往生している、一組の若い男女がいる。男は、すらりと背が高く、とろけるような美男子。傍にいるのは、小柄な可愛い少女、スセリ姫だ。スサノオと奇稲田姫との間に生まれた彼女は、十三歳になり、大国主の正妃になったばかり。


「大国主様！」

若者が振り向き、にっこり笑った。その優しく美しい笑顔に、周囲から甘い悲鳴が上がる。後方の女達は、彼を一目見ようと伸び上がり、前にいる女達の隙間に、身体をねじ込もうとする。なんとか彼に触れようと、他人の頭や肩越しに手を差し出す者達もいる。

スセリ姫は、怯《おび》えた素振りで夫にすがり、その顔を見上げて言った。

「怖い……」

大国主は頷《うなず》き、新妻の手を握り、ゆっくりと歩み始める。その周りを囲んだまま、女達がぞろぞろとついていく。

羨望の眼差《まなざ》しを浴び、自慢の夫に手を引かれ、姫は、女達の中を歩く。頬を上気させたその顔は、得意満面。ふわふわと浮かれた足取り。有頂天の姫君は、人込みの隙間を抜け、そのまま空に飛んでいきそうだ。

神聖な社で、何事だ！

渋い顔の長彦に気づいたのだろうか。スセリ姫は、一瞬ちらりと彼の方を見たが、素知らぬ顔で視線を戻す。

憮然《ぶぜん》とした表情で立ち尽くす長彦の両脇を、女達の波が通り過ぎていった。


翌日、穏やかな入海に沿う道を、長彦を乗せた馬が、西へ出雲郷《いずものさと》へと走る。彼の顔は、険しくこわばっている。

奇稲田姫と同族の長彦は、娘のスセリ姫のことも、生まれたときから知っている。彼女は、確かに可愛い。大きな瞳、小鹿のように軽やかな足取り。天真爛漫、周囲を気にしない性格は、父親スサノオ譲りか。

けれども、彼女が泣き叫ぶと、風がおこり、草木が震えた。華奢《きゃしゃ》な身体のどこから、それほどの力が湧き起こるのだろう。子供だった長彦は、見た。幼い彼女が顔を真っ赤にして泣き叫んだ直後、空から鳥が落ちてくるのを。

天神と出雲祭祀王の血を引き継ぐ、スセリ姫。その愛らしい容姿と超人的な力。まっとうな志があれば、優れた巫女王《みこおう》になれただろう。そして、出雲の神威と登美族の復権に、どれほど大きな力を与えたことか。そう思う度、長彦の胸には悔しさがこみ上げる。

特別な出自に恵まれながら、自分の使命に無頓着な、姫。なんという宝の持ち腐れ！　色男の旦那のこと以外、何も考えられぬのか。能天気な姫よ！

出雲郷にある大国主の屋敷では、スセリ姫が、侍女達とともに、衣替えの最中だ。去年の今頃は、父スサノオと暮らしていた。今は、愛しい夫、自慢の夫、大国主と暮らし、季節の衣類を準備している。たった一年で、なんという変わり様だろう。

夫のことを思い浮かべると、嬉しさと恥じらいで、姫の胸は熱くなる。彼の衣服を抱きしめ、ぽっと頬を赤くする。

「姫様、お客様です！」

そう叫ぶ侍女を押しのけるように、長彦が姿を現した。

「長彦」

スセリ姫は、抱きしめていた衣服を下ろす。

「名前くらいは、覚えておられたか。私のことなど、もう、お忘れかと思いました」

姫は、素っ気なく答える。

「昨日、社で会ったではないか」

「お気づきでしたか。随分浮かれておいででしたが」

長彦は、ついつい嫌味を言ってしまう。

「姫様の、そのなよやかな姿。さては色男の旦那様に、骨抜きにされましたか」

姫は、くいと顎を上げる。そういう仕草は昔のままだ。

「何のことでしょう」

長彦は、厳しい顔で言う。

「昨日の騒ぎです。神の社で女達が色男に追いすがるなど、言語道断。まったくもって不謹慎。姫も姫だ。もっと毅然とした態度を取るべきでした」

「あれは、彼女達が勝手に……」

「言い訳は、結構！」

長彦は、どんと荷物を下ろした。

「大物主の神を祀る、登美族の使命をお忘れなく！　姫の改心を見届けるまで、私は意宇へは帰りません！」

長彦が来て十日ほど過ぎた頃、大国主の屋敷に、因幡からの使者が訪れた。八上《やがみ》姫の手紙を届けにきたのだ。その手紙には、こう書いてある。

「あなたの求婚をお受けしたのに、どうして、因幡へ来てくださらないの？」

スセリ姫と出会う前、大国主は確かに、異母兄達と因幡へ求婚に行っている。八上姫の言い分も、もっともだ。

出雲の重臣達は、集まって協議を始める。

「若様、これは、妻問《つまどい》をするしかありません」

「妻問」とは、通い婚に行くことだ。

末席に座る長彦は、そっとスセリ姫の顔を見る。大国主の傍に座る彼女は、口をへの字にし、真っ赤な顔で重臣達を睨んでいる。その顔には、はっきり書いてある。

「冗談じゃない!」と。

姫の爆発は近い。そう長彦は予測する。手紙を奪って破り捨て、泣き叫び、あたりを蹴散らし、地団駄を踏むぞ、と。怒った彼女の恐ろしさを、重臣達は知らないらしい。

彼等は、そのまま議論を続けている。

「因幡の地は、出雲から陸続き、海続き。他の有力者に奪われては、危険です」

「八上姫は、若様を慕い、いまだに夫を持たれていません。正妃になれないことを承知の上で、なおも若様の妻問を、望まれているのです」

「出雲を守るためにも、どうか、妻問にお出かけください。第一、あれほど美しい姫君が、可哀そうではありませんか」

重臣達の意見を静かに聞いていた大国主は、ゆっくりと口を開いた。

「わかった。それでは、八上姫の所へ妻問に行こう」

思わず立ち上がる、スセリ姫。

それ来た！　と、長彦。鳥が降るぞ！

けれども、彼女が行動を起こす前に、重臣の一人が、たしなめた。

「姫、妻問は、出雲のため、民のためですぞ」

彼女は立ったまま、助けを求めるように、隣に座る夫の顔を見る。だが、大国主は、表情を変えない。穏やかな顔で、何も言わず、妻の視線を受け止めている。

スセリ姫はうなだれ、そのまま腰をおろした。長彦は、驚いた。姫は本当に、色男の旦那に骨抜きにされたらしい。


初夏の日差しを浴びながら、大国主と供の一行は、八上姫がいる因幡へと向かう。

意宇を過ぎ、伯耆の国を抜ける。砂浜の向こうに、青い海が広がる。

彼の姿を見た途端、八上姫の顔は喜びで輝いた。大きな袋を背負い、顔を真っ赤にして現れた美少年は、背丈も伸び、落ち着いた麗《うるわ》しい青年へと成長している。

その甘く美しい顔を、彼女は、うっとりと見上げた。

「ずっとお待ちしていました」

そして、大国主の手を取り、そのまま自分の胸元に当てる。

「私を求めて来てくださったのに、それからずっと音沙汰なし。本当に淋しゅうございました」

大国主は、素直に詫びる。

「申し訳ない」

八上姫は、大国主の手を胸に抱いたまま、そっと身を寄せた。

「スセリ姫様は、天神の血を引くスサノオ様と、出雲の巫女王様の娘。けれど大国主様、私のことも、お忘れにならないでね」

それからひと月近く経っても、大国主は、因幡から帰ってこない。

温厚な色男、大国主。元々、美少年として知られた葦原醜男である。大国主と名を変え、出雲の王となった今では、各地の女達の憧れの的だ。

彼には、嫌な所、悪い所が、一つもない。誰とでもわけへだてなく接し、気品がありながらも、気さく。そんな彼と一緒にいると、温かい幸せな気持ちになれる。彼を知れば知るほど、ずっと傍にいたくなる。

八上姫も、どうしても、彼を手放すことができないでいた。

正妃がいるとは言え、わずか十三歳の小娘だ。色香で負けるとは思えない。

出雲の屋敷では、スセリ姫が、落ち着かない日々を送っている。

最愛の夫、自慢の夫が、他の女の所へ、妻問に行っているのだ。今頃、何をしているのやら。考えまいと思っても、つい考えてしまう。

そんな姫の姿に、屋敷に残った長彦は戸惑っている。これは本当に、あの気性の激しいスセリ姫だろうか。

因幡から海岸沿いに進むと、「越《こし》の国」がある。越前、越中、越後、能登、加賀に分かれる前の、強大な倭人国家だ。海の幸、山の幸に恵まれ、翡翠《ひすい》が採れる川もある。かつては出雲への進出をも目指していたが、突然現れたスサノオに撃退され、今は自重している。

その越では今、越王の自慢の娘、渟名川《ぬなかわ》姫と、大国主との婚姻が、協議されている。「ヌナ」とは、「瓊《ヌ》の国」すなわち「翡翠の国」という意味。その名の通り、渟名川姫は、翡翠のように気高く美しい。

彼女は、すぐに反発した。

「嫌です。出雲は、叔父様達を殺したというスサノオの国ではありませんか」

「姫よ、昔の話だ。スサノオは、もう出雲にいない。いつまでも出雲と敵対していては、我々も安心できない。和平の証として、どうか、大国主の妻になっておくれ」

父王の言葉に、姫は返事をしない。

「お前ほど賢く、麗《うるわ》しい姫は、どこにもいまい。だが、出雲の大国主もまた、若く、温厚で、稀《まれ》にみる美男子だそうだ。決して悪い話ではない」

淳名川姫は、父の顔を見た。

「『出雲に行って人質になれ』とおっしゃるのですか」

「お前が嫌ならば、大国主に妻問をさせよう。彼の正妃には、いまだ子供がいない。お前が最初に息子を産めば、その子が出雲の大王だ。姫、越の平和のために、この話を受け入れておくれ」

姫に断る術《すべ》はなく、渋々承諾せざるを得ない。越の国は、八上姫の例を挙げ、大国主が妻問に出向くことを求めた。


出雲では、大国主が越の国まで妻問に行くことに対して、反対の声が上がっていた。なにしろ、八上姫を説き伏せて、ようやく因幡から帰ったばかりなのだ。越の国は、さらに遠い。過去の恨みもあるだろう。帰れなくなっては大変である。

「越の国は、スサノオ様に撃退されたことを、いまだに恨んでいるかもしれません。自ら出向くのは、危険すぎます」

家臣の言葉に、大国主は答えた。

「越との和平は、良いことだ。大きな安心が得られるではないか」

若い家臣が、なおも言う。

「それでは、渟名川姫を、出雲に差し出させましょう」

「越が望めば、それがよい。しかし越は、私に妻問を求めている」

「大国主様、彼等は出雲を試しているのです」

「だからこそ、先方の顔を立てるのだ。私は、和平を望んでいる。そのことを示すため、妻問に行く。私についてくる者は、いないか」

すぐさま、数名の手が挙がる。思わず手をあげた長彦は、上がった自分の腕を横目で確認し、苦笑した。いつの間にか、大国主の言葉に引き込まれていた。

いや、もっと正直に言おう。自分は、彼の傍にいたいのだ。大物主の神のために来たのに、意宇の社に帰りたくない。ずっと彼を見ていたい。彼を守っていたいのだ。

大国主は、ただの色男ではない。男である自分も惚れてしまった、最強の色男か。

大国主が妻問に来ることが知らされると、越の国側は、受け入れの準備に追われた。越王は、出雲の王が自ら訪ねて来ることに、感激している。淳名川姫は、もう逃げられない。

大国主に初めて対面したとき、越王の胸には、喜びと安堵が込み上げた。大国主は、噂通りの男だった。優しい美しさ、穏やかな温かい印象。大切な娘の相手だ。この男ならば、姫にとっても、悪い話ではない。

歓迎の宴《うたげ》で、越王は、大国主に酒を勧めた。

「越は、米が美味《うま》い。酒もまた美味い。山海の幸に恵まれ、淳名川姫は、翡翠のように美しい。これらが、越の自慢です」

大国主は、応える。

「淳名川姫の噂は、出雲にも届いています。そのような姫君を妻にできるとは、はるばる越の国まで来た甲斐があります。契《ちぎ》りを結ぶからには、越と出雲は旧怨を捨て、末永く親しくお付き合いしましょう」

「こちらこそ、そう願いたい」

そして、男達は、杯をかわした。

離れに設けられた寝所《しんじょ》には、婚姻の支度が調《ととの》えられている。渟名川姫は、落ち着かぬまま座り、また、立ち上がる。部屋の中を歩き、座り、また立つと、入り口の扉に内側から、そっと閂《かんぬき》をかけた。

寝所の扉が、とんとんと優しく叩かれる。それから、押したり引いたりする音が。姫は、少し離れたところで、扉を見つめている。どうしても、足が進まない。開けなければ、という気持ちと、叔父達の仇《かたき》、という気持ちとが交差する。

「渟名川姫」

温もりのある声がする。姫の胸が、思わずときめく。けれど、ためらいのせいか、声を出すことができない。

「場所が違っているのではないか」

声の主が問うている。聞かれた者が走り去る音がする。

間もなく、複数の足音が近づいてきた。

「この寝所に間違いありません。中に姫がいるのも、確かです」

父の声だ。

「姫、姫、扉を開けなさい」

ドンドンと、扉が叩かれる。淳名川姫は身をかがめ、息を殺している。もう、どうしたらよいのか、わからない。

叩く音が止み、嘆息混じりの声が聞こえる。

「大国主殿、申し訳ない。今夜は、別の美女をご用意いたします。このような無礼をお許しください。姫には、後でよく言い含めます」

姫は、思わず腰を浮かした。

「別の美女？　誰のこと！」

穏やかな声が、応える。

「別の美女は、結構です。夜は、まだ長い。私はここで、姫が開けてくれるのを待ちましょう」

「このような所で、ですか」

驚く父の声。

「滅相もない。部屋を用意しますので、そちらへおいでください」

渟名川姫は、耳をそばだてる。

大国主が、答える。

「では、供の者が休める部屋を、一部屋お貸しください。長旅で疲れておりましょうから。王は、お戻りくださいい。私はここで、月でも見ていましょう」

そして、人々が去って行く気配がした。


外が静かになった。渟名川姫は、扉の隙間から、そっと外を覗いてみる。

月明かりを受け、美しい青年が、夜空を見上げている。柱に背を預け、ゆったりとくつろいでいる。傍にいるのは、一人の従者だけだ。虫の声が聞こえる。

特別逞《たくま》しいわけではない。優しい穏やかな顔だ。指の先まで品よく美しい。気取りのない温かさが溢れている。噂通りの美男子だ。

もう一度叩いてくれたなら、仕方なさそうに扉を開き、中へ入れてあげようかしら。

少し目を伏せたまま、渋々の素振りで。

思わず見とれている自分に気づき、渟名川姫は、慌てて身をひいた。彼は、叔父達を殺したスサノオの息子なのだ。

ああ、でも、なんと美しい若者だろう。あの両肩に、そっと夜具をかけに行けたなら。あの胸に、そっと身を寄せることができたなら……。


長彦一人を伴い、大国主はそのまま、扉の前で一夜を過ごした。渟名川姫もまた、閉ざした扉の内側で、寝付けぬ夜を過ごした。

空が明るくなり、薄紫に変わっていく。橙色《だいだいいろ》の光が辺りに満ち、雲の端を赤く染める。寝所の外壁も、扉の隙間も、ほのかに赤い。

山の鳥達が、朝の訪れを告げ始める。庭先では、雄鶏が時を作る。

その鳥達の声に、大国主は目を覚ました。

「若様、お目覚めですか?」

大国主は頷き、大きく伸びをする。長彦の気遣う表情を見て、彼は笑った。

「鳥達が盛んに鳴いている。『姫にふられた大国主！　庭で一夜を明かした！』。そう触れ回っているのだろう」

長彦が何か答えようとしたとき、越の従者が、朝餉《あさげ》ができたと呼びにきた。

朗らかに、大国主が言う。

「長彦、夜は、終わった！　私達は、飯でも食おう！」

そのまま二人は去って行く。気負いのない大国主の後ろ姿。無念も未練も、微塵も感じられない。

私も平気。昨日まで知らない人だもの。

そう思ったとき、なぜか涙が溢れ、頬をつたった。

「いいえ、大国主様！」

渟名川姫は、一人叫んだ。

「夜は、また来ます！」

そして、その日の夜、二人は結ばれた。

大国主は、そのまま十日ほど滞在し、出雲のスセリ姫の元へ、帰って行った。

大国主は、その後、各地に妻を持った。各地の権力者達が、自分の娘への妻問を求めたからである。神の啓示によりスサノオの娘になることを誓った宗像《むなかた》の三姉妹も、大国主の妻になった。

大国主が妻問に出向き、その妻問から帰る度、長彦は、スセリ姫の顔を見る。はじめのうちは、興味本位で。そのうち、気の毒で。けれど、姫は、何も言わない。夫が普通の旅に行くように見送り、普通の旅から帰ったように出迎えている。

大国主も、何も言わない。二人は相変わらず、仲睦まじく暮らしている。

やがて、各地から、姫君懐妊の知らせが、出雲に届き始めた。

「スセリ姫様、八上姫様のお腹《なか》に、御子ができたそうです」

「そうか」

「越の渟名川姫様も、懐妊されたそうです」

「そうか」

数日しか滞在しなかった所からも、懐妊の知らせは届く。スセリ姫は、不思議でならなかった。

何故、私にだけ、子供ができないのだろう。

スセリ姫は、時々、思う。


私を背負って逃げた、愛しい人よ。

あの日はもう、戻らない。

二　少彦名《すくなひこな》

紀元前二十五年、高天原。

宮殿の一室に、重臣達が次々に入って行く。最後に入り、上座に座ったのは、若き天君《てんくん》タカギだ。

先々代天君であったヨロズは、異母弟イザナギの後を追うように他界した。ヨロズの最初の正妃が産んだ太子が次の天君になったが、彼も病で逝去。その一人息子が、今の天君タカギである。

集まりの席には、忍穂耳《おしほみみ》もいる。忍穂耳は、ヨロズの二番目の正妃であるアマテルの長男だ。彼の正妃は、千々《ちぢ》姫という。彼女は、ヨロズと最初の正妃の娘で、先代天君や重臣オモイカネの妹にあたり、今の天君タカギの叔母でもある。

天君が告げた。

「葦原中国《あしはらのなかつくに》で、出雲と越《こし》が手を結んだ」

驚きの声が上がる。

「あれほど敵対していたのに？　出雲は何度も襲われ、越は将軍達を殺され、仇同士だった筈だ」

「一体どうしたら、両国が和解できるのだ」

「それが……」

天君の側近が、口ごもる。

「大国主が、越の渟名川姫を、たらしこんだそうです」

「なんと！」

「二人の間には、子供も生まれるとか」

　重臣達が、ざわめく。

「恐ろしや、色男の力よ……」

　別の者が、問いかける。

「大国主とは、誰だ？」

「葦原醜男のことだ。スサノオが刺国若姫《さしくにわかひめ》に産ませた、美男子だ」

「正妃のスセリ姫は、スサノオと出雲の巫女王奇稲田姫《くしなだひめ》の娘だ」

　情報を披露しあう重臣達に、天君は言う。

「葦原中国は、我等が統治すべき倭人の国だ。スサノオの息子が継げば、スサノオの子孫の国になる。皆の者、そのようなことでよいのか」

「しかし、天君様、葦原中国は、魔性の国。人間離れしたスサノオだからこそ、統治できたのでは」

他の者達も、口々に言う。

「葦原中国は、草木が話し、蛍火《ほたるび》が輝くという、妖気に満ちた国。普通の者では、務まりません」

「そうです。スサノオは、死んだ母親が見えると言っていたとか。理性と知性がある者には、考えられません」

「そのスサノオは、どこへ行ったのだ」

重臣の問いに、オモイカネが答える。

「神出鬼没で、気儘に暮らしているようです。吉備《きび》や播磨《はりま》にも、よく出没していると か。ヤマツミの娘、大市姫《おおいちひめ》を妻にし、子供もいます」

山神族《さんしんぞく》の長老が、口を開く。山神族は、天神族に次ぐ名家。天君タカギの正妃、母、祖母、曾祖母も皆、山神族の出身だ。重臣達の多くも、山神族と繋がっている。

「天君様、大国主は、スサノオと異なり、美しい以外は、意外に普通の人物とか。そのような者でも統治できる国なのか、しばらく様子を見られてはどうでしょう」

他の重臣達が、同意する。

「それが、よいのでは」

そして、話は立ち消えとなり、会議は終了した。


重臣達が出て行き、無人となった部屋の片隅で、大きな戸棚が、ごとごと揺れ始めた。そして、かたん、と音がして、一番下の扉が開く。

「最高じゃないか！」

中から這い出て来たのは、小さな男だ。左手に、大きな帽子を引きずっている。長い鳥の羽が何本も付いた、派手な帽子だ。

彼の名は、少彦名《すくなひこな》。天君タカギが地方の女性に産ませ、宮殿に引き取った息子だ。

重臣達が入ってきて、咄嗟《とっさ》に戸棚に隠れていたのだ。

出るに出られず、彼は、会議の一部始終を、戸棚の中で聞いていた。重臣達も、戸棚の中に人がいるとは思いもしなかったろう。少彦名は、普通の大人の男の胸の高さ位の背丈しかないのだ。

重臣たちが去った時、少彦名の心は決まっていた。

「俺は、行くぜ！」

彼は、ぴょんと立ち上がり、帽子の羽の角度をてきぱきと整える。そして、少し斜めにかぶると、衣服についた埃《ほこり》を、小さな両手で、ぱぱんと落とした。

「絶対、行くぜ！」

少彦名は、物知りだ。武術は苦手だが、頭脳では誰にも負けない。そして、一応、天君の息子だ。背丈は子供並だが、もうすぐ十八歳になる。

にもかかわらず、高天原では、いつも半人前の扱いを受けている。現に、このような会議に呼ばれたことは、一度もない。

彼の頭の中は今、葦原中国のことで一杯になっている。

「『草木が話し、蛍火が輝く』だと？　最高じゃないか！」

少彦名は、薬にも詳しい。草木や獣、鉱物などの効能を知れば知るほど、その世界の奥深さに夢中になってしまった。

葦原中国にあるという、妖《あや》しい品々。その薬効は、いかほどだろう。それらを採取し、是非とも調べてみたい。そう彼は思ったのだ。

暖かな春の日、大国主は数名の供を連れ、稲佐の浜辺を歩いていた。いつも傍にいる長彦の姿はない。因幡の八上姫が男子を出産したので、母子を迎えに行っている。大国主にとって初めての子供。会うのが楽しみだ。

その時、海上から、小舟に乗った男が漕ぎ寄ってきた。

近くまで来たところで、よく見てみると、子供のような背丈の男である。皮の胸当てをつけ、長い鳥の羽で飾った帽子をかぶっている。男は、砂浜に小舟を乗り上げると、ぴょんと舟から飛び降りた。そして、つき出さんばかりに胸を張り、甲高い声で、叫んだ。

「お前が、大国主か！」

「無礼者！」

供の者達が捕らえようとするのを、大国主は制して、答えた。

「いかにも、大国主だ。あなたは、どなたかな？」

小さな男は、さらに胸を張り、身体を後ろにのけ反らせながら、声を張り上げる。

「私の名は、少彦名だ。お前が葦原中国の王になったと聞き、国造りを手伝ってやろうと思って来た！」

「無礼者！」

周囲の者達が怒鳴るのを笑って止め、大国主は、楽しそうに尋ねた。

「それは、ありがたい。それで、どのようなことを手伝ってくれるのかな？」

小さな男は、大真面目な顔になる。

「私は、いろんな知識を持っている。薬も作れる。草木の利用の仕方も知っている。治山、治水、冶金《やきん》にも詳しい。私は、絶対、役に立つ」

大国主は、丁寧に答える。

「では、少彦名殿、私と一緒に屋敷に行き、私の国造りを手伝っていただきたい」

少彦名の顔が、ぽっと紅潮する。

「本当か？」

夢を見ているのでは、というような顔になった。反り返っていた姿勢は、いつの間にか、普通の立ち姿になっている。

大国主は、にっこり笑い、供が引く馬に彼を乗せた。

屋敷に帰ると大国主は、少彦名のために、住む家と、身の回りを世話する者を準備するよう、指示した。

そして、重臣達に問う。

「誰か、あの男の素性を知る者はいないか」

「胡散臭《うさんくさ》い奴です」

「いや、あの男には、何か特別なものを感じる。調べてみよ」

一人が、言った。

「山田の案山子《かかし》は、なんでも知っています。彼に尋ねてみてはいかがでしょう」

屋敷に呼ばれ、少彦名の素性について問われると、案山子は答えた。

「たしか、高天原の天君タカギ様の御子様の一人に、そのような小さな方がいると、聞いたことがあります」

大国主は、命じた。

「高天原に使いを出し、確認せよ」

大国主の命を受け高天原に着いた出雲の使者は、天君の前に通された。天君タカギの傍《かたわ》らで、重臣オモイカネが立ち会っている。

「いかにも。少彦名は、私の息子だ。しばらく姿を見ないと思っていたが、葦原中国へ行っていたとは」

天君は驚き、使者に尋ねた。

「葦原中国へ、あれは、何をしに行ったのだ」

使者は、恭《うやうや》しく答える。

「大国主様の国作りを手伝うと、言われています」

「少彦名が？」

「さようでございます」

思わず椅子から腰を浮かした天君は、ゆっくりと身を戻した。

「あれは、私の息子に間違いない。大国主に、そう伝えよ」

使者が退出すると、天君は、傍らのオモイカネに、笑いかけた。

「叔父上、聞いたか。面白いじゃないか。あの不細工な小男《こおとこ》が、国一番の優男《やさおとこ》と一緒に国造りとは。何が嬉しくて、そんなことを思い立ったのか。自分が惨《みじ》めになるだけだろうに」

「少彦名殿は、優れた頭脳と行動力をお持ちです」

「ふん」

叔父の言葉を、天君は鼻であしらった。

「あれは、母親に似たのだ。あれの母親も、小さくて声が高い、変わり者だった。滅法頭が良く、やたら物知りで、面白い女ではあったが。今頃、どうしているのか」

オモイカネも退出すると、天君は一人の男を呼び出した。

音もなく現れた男は、動きに一切無駄がなく、一瞬の隙も感じさせない。ただ闇のように黒く静かな印象の男である。

「天君様、お呼びでしょうか」

彼の名は、天探男《あまのさぐお》。高天原の密偵だ。

「葦原中国に行き、少彦名と大国主の動向を、私に伝えよ」

天君が命じると、探男は黙って頭を下げ、姿を消した。


その頃、長彦と八上姫の一行は、伯耆《ほうき》の国の海岸で、立ち往生していた。

因幡を出るときには晴れ渡っていたのに、突然の嵐。出雲を目の前にしながら、一歩も進めない。

「姫様！　天候が良くなるまで、どこかで休みましょう！」

長彦は、大声で叫ぶ。だが、辺りに雨風を避けられそうな所は、見当たらない。雨風の音がひどく、長彦の声も届かない。

八上姫は、怖気付《おじけづ》いていた。

スセリ姫は、スサノオの娘。その気性の激しさは、聞いたことがある。風を巻き起こす力を持っているとも。

潮を含んだ湿った風が舞い上がり、顔を打つ。風で巻き上げられた砂が、まるで狙ったかのように、八上姫と赤子の上に降りかかる。

自らの袖で赤子の顔を庇《かば》いながら、八上姫は叫んだ。

「やっぱり、無理です！　私は、因幡へ帰ります！」

「姫、何を言われる！」

驚く長彦。八上姫は、言う。

「スセリ姫様は、ひどく悲しまれているとか。出雲へは、行けません！　私は、因幡に戻ります！」

「姫様！　思いとどまってください！　大国主様の赤子では、ありませんか！」

八上姫が、叫ぶ。

「赤子は死んだとお伝えください！」

「姫！」

「私は、因幡に、帰ります！」

長彦の制止を振り切り、八上姫は、従者達に、戻るよう命じる。

長彦を残し、八上姫の一行が、来た道を戻り始めると、風は嘘のようにやみ、空から は雨雲が消えた。

茫然と立ち尽くす長彦の上には、何事もなかったかのように、明るい陽射しが照りつけ始めた。

長彦が大国主の屋敷に戻ると、そこには、スセリ姫と、派手に着飾った見知らぬ小さな男がいた。

大国主が、笑顔を向ける。

「長彦、ご苦労だった。八上姫と赤子は、元気か」

「八上姫と御子様は、因幡に戻られました」

驚く大国主。スセリ姫も驚いてはいるが、その表情の奥には、あきらかに安堵と歓喜が見えている。

長彦の胸に、無念さが込み上げる。赤子は、大国主殿にとって、初めての子供だったのだ。お連れできていたら、どんなにか喜ばれただろう。

「姫、あなたのせいですぞ!」

長彦は、スセリ姫に詰め寄った。

「姫が嵐を呼んだので、八上姫は恐れをなして、逃げ帰ってしまったのです！」

長彦のあまりの勢いにたじろぎつつも、スセリ姫は反論する。

「私は、何もしていません！」

「八上姫が来ないことを、強く願われましたね！」

「それは……」

「姫、姫には、天神と出雲の巫女王の血が流れている。普通の者にはない、強い力をお持ちだ。それは、ご自分でもご承知でしょう！」

スセリ姫は、大国主の方を振り向いた。愛する夫は、どう思っただろう。彼は、何も言わない。けれど、寂しそうな顔に見える。

スセリ姫は、必死で訴える。

「決して、わざとでは、ありません！　それだけは、信じてください！」

少彦名は、ぽかんと口を開けた。

なんだ？　今の会話は。ここにいる三人は、人が嵐を呼べると、そう思っているのか？　本気か？

やがて、高天原から使者が戻った。少彦名は、高天原の天君の息子として、正式に客人として迎えられた。

大国主と少彦名。美しい色男と、美しい羽根で着飾った小さな男が対《つい》になり、警護役の長彦を連れて歩く姿が、よく見られるようになった。

そして、越の国では、渟名川姫が大国主の息子を産んだ。建御名方《たけみなかた》である。八上姫の災難の話は、すでに伝わっており、渟名川姫は、息子を越で育てることにした。

宗像の沖津宮の姫には、アジスキ（味耜高彦根《あじすきたかひこね》神）と下照姫《したてるひめ》が生まれた。辺津宮《へつみや》の姫との間には、事代主《ことしろぬし》が生まれた。

多くの妻と、多くの子を持った大国主は、「八千矛《やちほこ》」と噂された。

ある日のこと。大国主を探していた少彦名は、家人に問うた。

「大国主は、どこだ？」

家人は、答える。

「妻問に出られました」

「妻問？　先日帰ったばかりではないか」

「先日とは別の所です。早く来て欲しいと、お迎えが来たのです」

少彦名は、あきれて呟《つぶや》く。

「何人妻を持てば気がすむのか」

そのまま薬草を探しに出かけると、小川の傍の叢《くさむら》から、何やら音が聞こえる。

叢をかき分け近づくと、スセリ姫である。

「姫、こんな所で何を？」

スセリ姫は、顔をそむける。その目は、赤く腫れている。

「泣いていたのか？」

驚く少彦名に、彼女は答えない。

「あいつがまた、女の所に行ったからだろう。自分の旦那が他の女の所に行ったら、泣きたくなるのは当たり前だ」

なんだかたまらない気持ちになり、少彦名は続ける。

「姫、もっと怒れよ。姫は、嵐が呼べるんだろう？　『他の女の所へなんか行くな！』って怒れよ。あいつの前で、飛んでる鳥を落としてご覧よ」

スセリ姫が、少し笑う。

「浮気ばかりしているんだぜ。なぜ、怒らないんだ」

「怒ってないから」

「え？」

スセリ姫は、言った。

「悲しいだけ」

少彦名の口が、ぽかんと開く。

それから、足元の小石を拾って、ぽちゃんと小川に投げ入れた。

メダカたちが、さっと散る。

「うまくいかないな」

スセリ姫は、彼の顔を見る。

「俺だって、背が伸びる薬を、ずっと探している。この国に来たのも、そのためだ。いろんな薬を見つけたのに、背が伸びる薬は、まだ見つからない」

横顔のまま、少彦名は、しみじみと言った。

「うまくいかないよな」


少彦名が屋敷に帰ると、高天原の使いが待っていた。黒づくめの男、天探男《あまのさぐお》だ。

「高天原にお帰りください。天君様が、お呼びです」

父上が私を呼ぶとは、一体、何用だろうか。


久しぶりに高天原へ戻った少彦名は、少し気分が高揚していた。

「父上、ご無沙汰しています」

「久しぶりだな。お前が、大国主とともに出雲を治めているとは、本当か」

少彦名の顔は、誇らしさと嬉しさで、ぽっと染まった。ぐいと、いつも以上に胸を張り、彼は答える。

「そのように言われています」

「そうか」

天君は、息子の姿を、じっくりと眺めた。

まったく、不細工な男だ。そんなに飾り立て、虚勢を張って、どうするのだ。滑稽なだけじゃないか。

天君は、笑みを浮かべて、言った。

「少彦名、どうせなら、お前が、王になってはどうか」

「えっ？」

「お前は、正妃の子ではないが、私の息子には、違いない。葦原中国を治めるには、十分だろう。大国主は、スサノオの息子。天君の曽孫《ひまご》に過ぎない」

スサノオは、天神族の血筋でいえば、分家の立場である。葦原中国とはいえ、倭人の国。それを統治するのは、本家筋の役割だ。

天君は、続ける。

「少彦名よ、お前が出雲を統治せよ」

「ち、父上、私は、そのような器では、ありません」

慌てる息子の姿を見て、天君は、声をあげて笑い出した。

「やはりな。まったく情けない奴だ。わかった。そのかわり、大国主の動向を、私に報告せよ。逐一、こまかく報告するのだ」

少彦名は、おずおずと尋ねる。

反り返っていた姿勢は、前かがみになり、上目遣いで、父親の顔色を窺っている。

「それは、何のためでしょうか」

天君は答えず、薄く笑った。


出雲に戻った少彦名の姿を見かけ、大国主が声をかけた。

「少彦名殿、父上に会えたのか？」

「ああ」

浮かない顔で、彼は答えた。

大国主と少彦名は、力を合わせ、善政を行っている。若い二人は、長彦と数名の家臣を連れ、各地へ視察にも出かけた。

播磨《はりま》の国へ向かう途中のことだ。少彦名は、ふと聞いてみた。

「結局、どの女が、一番好きなんだ？」

大国主は、答える。

「皆だよ」

「そのようなことは、ないだろう」

「本当だよ。皆、国を思い、家族を思い、私の妻になってくれた、優しい娘達だ。そして、私を愛してくれている。私も、彼女達皆を愛しているよ」

ちっ、と少彦名は、舌を鳴らした。

「国のため、家族のためって言ったって、結局は、損得勘定だろう。本当に好きなのとは、違うんじゃないか」

「そうかもしれないな。お互い様だけどな」

そう言って、大国主は、笑った。

「それでも、いいじゃないか。国と国とが疑心暗鬼になって争えば、犠牲になるのは、民たちだ。田植えの時期、稲刈りの時期、戦いになれば、どうなる？　人が死んだり、収穫できなくなるより、よっぽどいい。国同士の婚姻でも、安定した関係が作れれば、皆が幸せになる。二つの国の間に子供ができれば、その子が国をつなぐだろう」

そして、続ける。

「戦いより平和を望んで、私と結ばれるのだ。国を愛し、家族を愛し、民を愛するからこそ、私との結婚を望むのだ。私も、そうだ。戦をするより、家族になって、皆で幸せに穏やかに暮らしたい。だから、妻たち皆を私は愛しているのだ」

俺には、できない。そんなこと。

そう口にしかけた言葉を、少彦名は飲み込んだ。

「そんなこと」になるのは、大国主みたいな色男だけだ、と気づいたからだ。

少彦名は、尋ねた。

「なぁ」

「うん？」

「モテるって、どんな感じだ？」

「え？」

少彦名は、しんみりと呟いた。

「いいよなぁ、色男は。女から迫られるって、どんな感じなんだろう」

大国主は、唐突に言った。

「さあ、出発しよう！」

物思いにふけっていた少彦名は、慌てて顔を上げる。

「待てよ。まだ、糞をしていない」

「糞など、後にしろ！」

「そういう訳には、いかない！」

二人の声を聞きつけて、長彦が、駆け寄ってきた。

「大国主様、少彦名様が用を足されるまで、少しお待ちください」

歩き出した二人は、言い合いを始める。

「急いでいたのに、何故、糞などする」

「糞を出すのは、大事なことだ」

「大事なのは、食べることだ。出す方じゃない」

「身体のためには、出すことも大事なのだ！」

大国主は、すまして主張する。

「俺は、急いで出さなくても、平気だ」

少彦名は、ムキになる。

「糞を腹の中に抱えているのは、手に持つ十倍、身体に負担なのだ」

「ならば、お前、そこの糞みたいな土を、抱えてみよ！　十倍、持てるか？」

大国主は、近くの粘土質の土を指した。

「持てるさ！　お前は、糞を出さずにいられるのか？」

少彦名の問いに、大国主は、両手で下腹をぽんと叩いて、胸を張る。

「いられるさ！　簡単なことだ」

少彦名は、負けずに反り返った。

「わかった。俺は、この土を持って行く。お前は、糞を出さずに行く。どちらが、遠くまで行けるか、競争だ！」

二人は、意地を張り合い、出発した。

少彦名は、土が重く、抱えたり、肩に載せたり、頭に載せたりしながら歩く。

「頭にまで載せるとは、情けない。そろそろ降参したら、どうだ」

「何を言う。こうすると、頭がひんやりして気持ちがよいのだ。そちらこそ、そろそろ腹がはちきれそうだろう。降参してもよいぞ」

「いやいや」

「まだまだ」

二日目になると、大国主は、腹が膨れ、胸までつかえてきた。少彦名も、両手が痺《しび》れ、腕全体が痛くてたまらない。

そんな風に、意地を張り合いながら歩き続け、三日目のこと。

少彦名は、腕の痛みに耐えながら、ちらりと横眼で大国主の様子を探る。

次第に無口になっていた大国主が、いきなり叫んだ。

「もう我慢できない！　私の負けだ！」

そして、急いで木陰に駆け込み、その場で用を足し始めた。

少彦名は、噴き出した。

「俺の勝ちだ！」

そう叫ぶと、粘土の塊を、近くの藪に放り投げる。

「俺も無理だ！　こんなもの、こうしてやる！」

木陰から、衣服を整えながら出て来た大国主は、大笑いしている。

そのまま、二人とも、大笑いだ。長彦は、呆れて、笑い転げる二人を見ている。

ひとしきり笑ってから、少彦名が言った。

「なあ」

大国主も、笑いすぎて、涙をふいている。

「なんだ？」

「気持ちいいな。荷物も腹も、軽い方がいいな」

「そうだな」

二人は、並んで座り、周囲を見渡す。

薄《すすき》の穂が微《かす》かに揺れている。虫の音が聞こえる。

「草木が物言う、か」

少彦名は、大国主の顔を見た。

「いいところだな、ここは」

三　ホヒ（天穂日命《あまのほひのみこと》）

紀元前十八年、朝鮮半島西海岸、馬韓《ばかん》の北部、慰礼《いり》の地に、百済《くだら》が建国された。高句麗《こうくり》の初代王朱蒙《ちゅもん》の元へ、一組の母子が逃げ込んで来たのは、その前年のことである。母子は、朱蒙の長男の類利《ゆり》と、その実母。扶余《ふよ》の国で人質となり、軟禁生活を送っていたのだ。再会を喜んだ朱蒙王は、扶余生まれの類利を、高句麗の太子に決めた。

その時、高句麗には、沸流《ぷる》と温祚《おんじょ》という二人の王子がいた。王子達は、後継者争いを避けるため、高句麗を離れることを決意する。そして、彼等に従う者達を連れ、新天地を求めて、朝鮮半島の西側を南下した。

百済は、その温祚王子が建てた国だ。建国時の国号は、十済《じっさい》。十人の家臣が、温祚を支えたからだと言われている。

そんな朝鮮半島での激動も、葦原中国では、遠い世界の話だ。


「ああ、素晴らしい！　夢のようだ！」

吉野の林の中で、少彦名が叫んでいる。

「木々も苔も羊歯《しだ》も、虫たちも、全部すごい！　この地の葛《くず》の根は、きっと薬効が強いに違いない！　ああ、本当に夢のようだ！」

葛の蔓《つる》を両手でたぐりながら進んで行く、少彦名。少し遅れて、大国主と大屋彦《おおやびこ》、長彦、そして磯城彦《しきひこ》が、話をしながらついて行く。大屋彦は、元の名をイタケルといい、スサノオの長男だ。新羅《しらぎ》から多くの木種を持ち帰り、植林に力を入れ、人々に崇拝されている。

磯城彦が治める「磯城《しき》」は、吉野の北、周囲を山々に囲まれた「玉垣《たまがき》の内《うち》つ国《くに》」、後に「奈良」と呼ばれる地にある。盆地では、幾筋もの川が緩やかに流れ、その川筋毎に、倭人達が小さな国を作り、稲作を行っている。「磯城」は、そうした国々の一つだ。

磯城彦が、不思議そうに尋ねる。

「少彦名殿は、一体、何をしているのですか」

大国主が、答える。

「葛の根を集めているらしい」

「葛の根を？」

「よい薬になるそうだ」

「そうですか……」

長彦が、補足する。

「少彦名殿は、薬を作る名人なのだ。それだけではない。治山や治水にも、力を尽くされている」

「少彦名殿、私にできることがあれば、協力しましょう」

大屋彦が声をかけると、少彦名は振り向き、嬉しそうに笑った。

吉野から出雲に帰った少彦名は、庭先でしゃがみこみ、採取した葛の根を束ねている。吉野の葛は、最高だ。今年の冬は、この根が使える。身体が弱った者達を救えると思うと、嬉しさで胸がときめく。

「少彦名殿、何をされている。天君様が、心配されていますぞ」

突然、頭上から声がした。

見上げると、高天原の密偵、天探男である。

少彦名は、根の束を地面に置いた。

「父上が私の心配などされたことはない」

「天君様は、国の行く末を心配されているのです。ご命令をお忘れですか。大国主の動向を、高天原に報告してください」

「なんで、私が」

「葦原中国は、天神族が治めるべき国。そのことは、少彦名殿もご承知のはず」

少彦名は、探男に抗議した。

「葦原中国は、『草木が話し、蛍火が輝く、妖気に満ちた国』ではなかったのか。俺は、この耳で、ちゃんと聞いたぞ。葦原中国に住みたい者など、宮殿にはいないぞ」

「それは、統治とは別の話です。スサノオは、高天原を追放された男。しかも、天君の孫にすぎない。その子孫が好き勝手することは、許されません」

「私には、関係ない話だ」

門が開く音が聞こえた。探男は、厳しい顔で囁《ささや》いた。

「少彦名殿、これは、父上の命令です。天君様に逆らうことは、許されません。必ず、大国主の弱みを見つけ出し、天君様にご報告ください」

探男が塀を乗り越えると同時に、大国主と長彦が、姿を現した。

「少彦名、どうした。顔色が悪いぞ」

大国主の優しい言葉に、少彦名は、黙って俯《うつむ》き、首を横に振った。

高天原の宮殿では、天君タカギが、アマテルとその長男の忍穂耳《おしほみみ》を前にしている。

アマテルも、五十歳を超えた。

若き天君は、言った。

「アマテル殿、忍穂耳殿、百済建国の話を聞きましたか」

アマテルが答える。

「聞きました」

「高句麗の王子達は、前の正妃の王子のために、身を引いたそうだ」

「そのように、聞いております」

天君は、一歩進み出た。

「そなた達も、見習ってはどうか」

そして、忍穂耳の顔を見据える。

「忍穂耳殿、いさぎよく高天原を去り、葦原中国で新天地を切り拓《ひら》かれよ」

忍穂耳は、誇り高い性格だ。彼は、天君に言い返す。

「何を言われますか。葦原中国へは、天君殿の御子少彦名殿が、行っているではありませんか。私が行く必要など、ないでしょう」

天君も、引かない。二人は、一歳しか違わない。

「少彦名は、私の数ある妻の一人が産んだ子供。そなたは、先々代天君の正妃の長子。温祚に似た立場なのは、そなたであろう。高天原のことは諦めて、早く葦原中国へ行かれよ」


「私は、行かぬ！」

部屋に戻った忍穂耳は、叩きつけるように、言った。

「私も、天君の正妃の長男だ。本来ならば、高天原の天君となる身。葦原中国などへは、行かぬ！」

母アマテルが、なだめる。

「お前の父上ヨロズ様も、太子時代に葦原中国へ赴任され、その後、天君になられた。葦原中国の統治は、天神族にとって、大切な仕事ですよ」

母の言葉を、忍穂耳は遮る。

「母上、何故、私は、天君ではないのですか？」

アマテルは、一瞬、言葉に詰まった。

「忍穂耳、亡くなった先代天君は、お前の父上の長子。今の天君は、先代天君の長子。何故、そのようなことを言う」

「父上より先に、先代天君が死ねばよかったのに」

「忍穂耳！」

「だってそうでしょう。病弱で、いつも死にそうだった。私だって、天君の正妃の長男だ。先代天君が、太子のまま死んでいれば、私が天君だった」

アマテルは、息子を諌《いさ》める。

「兄上を、そのように言ってはいけない」

「母上、山神族から受けた仕打ちの数々、私が知らないとでも、思っているのですか」

「忍穂耳」

「私は、忘れない。母上を守る。弟達を守る」

「タカギ殿は、今は、天君だ。どうか争わないで」

母の言葉に賛同し、二番目の王子ホヒ（天穂日命）が、間に入る。

「兄上、我等天神族同士が争って、どうするのですか」

弟の言葉に、忍穂耳は、きっと振り向いた。

「それならば、ホヒ、お前が行け！」

驚いたホヒは、目を見開く。

「私が、ですか？」

「そうだ。我等の祖父、イザナギ殿は、太子の異母弟だった。お前が、適任だ」

「しかし、母上……」

ホヒは、助けを求めるように、アマテルの顔を見る。忍穂耳は、叫んだ。

「私が葦原中国へ行けば、山神族の思うつぼだ！　そんなことは、絶対できぬ！」

アマテルは、彼の顔を見る。誇り高い、意志が強い、その性格は、誰に似たのか。

忍穂耳の正妃は、先代天君の同母妹、千々姫。二人の間には、ニギハヤヒ（饒速日命）とニニギ（瓊瓊杵命）という、二人の王子もいる。彼が、天君の座を諦めきれないのも、理不尽なことではない。

「母上や我等が、山神族から受けた仕打ちを忘れたか！　私がいなくて、お前達だけで、母上を守れるのか！　私は、高天原を離れぬ。ホヒ、お前が行け！」

下の弟三人は、黙っている。下手に口を出して、物《もの》の怪《け》の国に行かされる羽目になっては、大変だ。

ホヒは、兄の気を変える言葉を探して、必死で頭を巡らせる。

「兄上、私は、本来、臆病で、物の怪が横行する国など……」

「何を言うか！」

一蹴《いっしゅう》され、別の言葉を考える。

「それでは、兄上、私が行って、葦原中国の王となってもよいのですか？」

忍穂耳は、笑い出す。

「お前は、王の柄《がら》ではない。王になるなら、私の息子を行かせる。お前の仕事は、分家の大国主から、葦原中国を取り戻すことだ」

そして、アマテルに向かい、宣言した。

「母上、私は、天君の座を諦めません。この高天原を離れるわけにはいきません」

「忍穂耳……」

「父上が亡くなっても、母上は、この地を去らなかった。母上も、同じ気持ちではないのですか」


「忍穂耳が、葦原中国行きを断ってきた」

山神族の重臣達に、天君は言った。

「弟のホヒならば、出してもよいと言っている」

重臣の一人が、応じる。

「ホヒ様は、すべてに中庸なお方。気性が激しい者とも、温厚な者とも、武術に優れた者とも、学問に優れた者とも、付き合うことができるお方。確かに、ホヒ様の方がよいかもしれません」

周囲の者達も、頷いている。

「オモイカネ殿、叔父上は、どう思われる」

「私も同感です。ホヒ殿が、適任でしょう」

天君は、皆に告げた。

「では、ホヒを、葦原中国へ派遣する」


天君の正式な命を受け、ホヒは嘆いた。

「母上、私は、行きたくありません。葦原中国は、恐ろしい物の怪の国だと言うではありませんか」

アマテルは、息子をなだめる。

「ホヒ、それほど恐ろしい国では、ありませんよ」

「私の祖母のイザナミは、悪霊に取り憑《つ》かれて、化け物になりました」

「それは噂だ、ホヒ。私が、葦原中国で暮らしていたとき、恐ろしい目にあったことは一度もない。心配せず行っておいで」

ホヒは、泣きそうな顔になる。

「母上まで、そのようなことを言われるのですか」

温厚なホヒであったが、どうしても納得がいかない。完全なとばっちりではないか。

何故、私が行かされるのか。妻も子もいる私が、何故。

「父上、何故、父上が？」

息子のウシ（三熊之大人《みくまのうし》）も、納得できない表情だ。

「命令なので、仕方がないのだ、ウシ。すぐに戻るから、心配するな」

我が子にはそう言ったものの、高天原に戻れる保証はない。

ホヒは、「今生の別れ」と、多くの友人達に別れを告げ、泣く泣く船に乗り、葦原中国へと旅立って行った。


妻が大勢いるとは、大国主は、どんな男だろう。さぞかし、いやらしい男に違いない。

そう覚悟していたホヒだが、実際に会ってみると、予想がはずれ、驚いた。

「ホヒ殿、ようこそ出雲へ」

穏やかな温かい声だった。見ると、美しい男が微笑《ほほえ》んでいる。

「ホヒ殿と私は、従兄弟《いとこ》の間柄。くつろいでお過ごしください」

清らかな、と言っても潔癖ではない。肩に力が入らぬ、自然な清らかさ。まるで、森の空気のよう。小川が流れ、多くの生き物たちが憩う、居心地のよい森のよう。

これほど嫌味のない男が、この世に存在するとは！　穏やかな美しい顔を見ているだけで、幸せな気分になってくる。本当に、ずっと傍にいたくなる男だ。女達が夢中になるのも、無理はない。

ホヒは、いきなり納得してしまった。

大国主が声をかける。

「ホヒ殿、一人では何かとご不自由でしょう。お世話をする侍女をつけましょう」

やって来たのは、見るからに健康そうな、丸顔の若い女で、にこにこ笑いながら、頭を下げる。

部屋へ案内した彼女は、ホヒに尋ねる。

「旦那様、お荷物は、ここでよろしいですか？」

ホヒは、黙って頷く。

「長旅でお疲れでしょう。すぐに、お食事にしますね」

荷物を解いている間に、うまそうな匂いが漂ってくる。

ここは本当に、物の怪の国なのか？

食事の場に行くと、大国主や少彦名、長彦等もいる。席につき、並んだ料理を口に入れた時、あまりの美味《おい》しさに、ホヒは思わず叫んだ。

「これは、私のために、特別な食事を用意してくれたのか！」

侍女が、笑う。

「旦那様、普通の食事ですがね。いつも、皆が食べているものだよ。お口にあって、よかったです」

酒を一口含み、ホヒは唸《うな》る。

「これほどうまい酒は、飲んだことがない。なんと豊かな味と香りだろう！」

今度は、長彦が笑った。

「少彦名殿は、酒造りの名人なのです」

ホヒは驚き、器の中の酒と少彦名の顔を交互に見比べる。

「これほどの酒は、高天原でも飲んだことがない。いったい、どうしたら、このような酒が造れるのか」

「酒の声を、よく聴くことです」

少彦名の答えに、ホヒは、目を見開いた。

「酒の、声を、聴く、ですと？」

天君の息子である少彦名まで、薬の調合もできる少彦名まで、「酒が話す」などと言い出すのか！

なんと、恐ろしい国なのだ！

ホヒの驚愕の表情に気づき、少彦名は、照れた笑いを浮かべた。

料理を運んできた侍女が、口をはさむ。

「少彦名様が名人なのは、酒だけじゃないですよ」

「そうなのか？」

「稲につく虫や、人を刺す虫を退治する薬を作ってくれるです。腹が痛くなったり、頭が痛くなったときも、治してくれるです」

少彦名は、嬉しそうだ。

「水路を造るのも、少彦名様が一番上手だで。皆、感謝してるです」

ホヒは、少彦名の顔を見つめる。

高天原にいたときは、誰も、そんなことを言わなかった。これほどの才能を持っていたとは。天君様も、ご存じないのでは。

それにしても、なんと和やかな雰囲気だろう。


夏が過ぎ、秋が過ぎる。

季節の果物もキノコの類も美味だ。魚も豊富で、猪の肉もある。何より、少彦名が作る酒は、絶品だ。高天原の酒より、ずっとうまい。まろやかで、強すぎない。嫌味のない、豊かな香り。思わず笑みがこぼれるような味。まるで、この国のようだ。

高天原へ報告すべきなのはわかっていたが、次第に遅れがちになっていく。

第一、何も書くことがない。毎日、同じように、穏やかに過ぎていくだけだ。書くことを無理矢理考えるのは、なんとも、面倒であった。

そもそも、そのようなことをする理由が、ホヒには、わからなくなっていた。高天原を敵視するようなものは、どこにもない。高天原に対抗しようとすることも。ここは、高天原とは、別世界なのだ。

何か報告せねばと、ホヒは、出雲を見て回る。護衛をつけていなくても、危険を感じたことはない。行きかう人々は皆、軽く頭を下げて挨拶をする。元々争いごとが苦手なホヒだ。出雲は、居心地がよかった。

歩き疲れて、横になっているホヒに気づき、侍女が言う。

「旦那様、お疲れだったら、湯が湧いているところへ、おでかけになっては」

「湯が沸く？」

「地面から、薬の湯が湧く所があります。つかると疲れがとれるだよ」

「そんなバカな」

「え？」

ホヒの言葉に、彼女が驚いた。

「井戸と同じだよ。水が湧くのは、驚かないのに、湯が湧くのは、そんなにびっくりかね？」

「水と湯では、違うだろう」

彼女が笑う。

「違わない。同じだで。少彦名様が、身体にいいと、教えてくれたで。皆、疲れたときは、湯につかりに行くだよ」

「そんな、恐ろしいところには、行かぬ」

侍女が、言った。

「ホヒ様、そんなに怖がりだったら、北の海には、行かれない方がよいですよ」

「なぜだ？」

「宇賀の北の海岸には、黄泉《よみ》の穴と言われる洞窟があるです。その姿を夢に見た人は、必ず死ぬと言われとるです」

ホヒは、身体を震わせた。

「恐ろしや。そのような夢、絶対見たくない」

侍女が、笑い出す。

「ホヒ様は、ほんと、怖がりだな」

大国主と少彦名の善政により、出雲も、葦原中国全体も、繁栄し続けた。

大国主の元には、仕えたいと希望する者達が、次々に集まってくる。かつて、大国主を傷つけようとした異母兄達も、彼を頼って来るようになった。

「シコオ、いや、大国主殿、過去のことは詫びたい」

大国主は、穏やかに微笑む。

「兄上、では、この出雲の地を治めるのを、助けていただけませんか」

「そのようなことを、させてもらえるのか」

「私達は、同じ父を持つ兄弟ではありませんか。共に力を合わせて、良い国を築いていきましょう」

こうして、大国主は、帰順してきた異母兄達に、出雲の周囲の地を統治させた。

長彦も、何度か意宇の社に帰ったが、結局、大国主の屋敷に戻り、そのまま居ついてしまった。

「長彦、大物主様のお傍にいなくてよいの？」

スセリ姫に言われるのは少し悔しかったが、長彦は、認めざるを得ない。大国主から離れたくない。そう思う気持ちは、否定できない。

少彦名も、熱心に働き続けた。民が豊かになっていくのを見るのは、彼にとって何よりの喜びだった。

大国主は、彼を大切にしてくれる。大王の片腕となって、大国を統治していくことは、幸せだった。ようやく、自分の居場所を得ることができたのだ。

高天原の密偵天探男が、度々訪れていることなど、打ち明けることはできなかった。


ホヒが出雲に来て、三年が過ぎようとしていた。

ホヒの報告は、次第に中身が疎《おろそ》かになり、遂には、報告自体が行われない事態になった。ホヒにとっては、高天原での暮らしそのものが、夢だったような気さえしていた。天君ヨロズと正妃アマテルの息子というだけで、大国主から出雲を奪うなど、とても考えられないことだった。

「ホヒ殿は、大国主にたぶらかされてしまったらしい」

天君タカギは、ホヒの息子ウシを呼んだ。

「ウシ、お前、葦原中国へ行き、父親の様子を報告せよ」

「父上は、真面目で律儀な方。決して祖国を裏切るようなことは、いたしません。その父が便り一つ出すことができないのは、きっと、何か事情があるのです。幽閉されているのかもしれません。私は、父を助けに行きます。必ず父を救い出し、高天原に帰って参ります」

深々と頭を下げ、まだ十代のウシは、出雲へ向かった。

出雲の屋敷に通されたウシは、警戒しながら、待っている。

「ウシ！」

懐かしい声が響いた。両手を差し伸べ、駆け寄ってくるのは、父ホヒである。

「父上！」

二人は、かたく抱きあった。

「父上、心配しました。ご無事でしたか」

「この通り、元気にしている」

見ると、確かに顔の色つやも良い。

「高天原では、皆、心配しています。何故、便りを下さらないのですか」

父は、ちょっと困った顔になる。

「どう書いてよいか、わからなくなったのだ。お前も、この地に滞在するとわかる」

そして、傍らで微笑む男性を紹介した。

「大国主殿だ」

ウシは、戸惑った。噂とは違い、大国主は、あまりに普通の男だった。普通なのに、目が離せない。普通なのに、傍にいたくなる。穏やかで美しい男だ。

そして、ウシもまた、出雲での生活に馴染《なじ》み、高天原への報告を怠るようになった。

高天原では、天君タカギが、再度重臣たちを集めている。

「ウシも、便りをよこさない。一体、どうなっているのか」

オモイカネが、言った。

「もう一度、少彦名殿を呼び戻しましょう。出雲のことは、彼が一番よく知っているる」


そして、天探男が伝令となった。


少彦名は、おずおずと、周囲を見回した。幼い頃から暮らした宮殿であるのに、よその家に来たような違和感がある。

「少彦名」

父である天君の声に、少彦名は、首をすくめた。

「大国主の代わりに、お前が、出雲の王になれ」

「父上、まだそのようなことを言われるのですか」

「お前は、悔しくないのか」

天君は、続ける。

「美しく生まれついたというだけで、良い思いをしている奴が、憎くはないのか」

「そのようなことは、考えておりません」

「何故だ。お前には、天君の息子としての誇りはないのか」

「私は、今の立場で、十分幸せです」

少彦名は、勇気を振り絞った。

「民は、大国主を慕っています。大国主だからこそ、国がまとまっているのです。私など、とても及びません」

天君は、息子を睨み付けた。

「情けない奴め！」

四　ワカヒコ（天稚彦《あめわかひこ》）

紀元前十四年、高天原。

天君が、重臣達に問うている。

「ホヒも、その息子ウシも、帰って来ないばかりか、報告も絶えた。我が息子少彦名も、当てにならない。一体、誰を差し向ければよいのか」

オモイカネが、言った。

「ホヒ殿は、大国主とは、従兄弟の間柄。やはり、情が移ったのでしょう。ここは、血縁が薄い武人を選ばれては。天国玉《あまつくにたま》の子、ワカヒコなどは、いかがでしょう。彼は、大国主と宗像の姫の息子アジスキとも親しい」

重臣達が、同調する。

「ワカヒコは、武芸に優れた若者。容姿端麗で、負けん気も強い。大国主にたらしこまれたりは、いたすまい」

「大国主は、男にも女にも、モテるからな」

「それにしても、うらやましい話だ」

会議は和やかに終わり、天君は、すぐにワカヒコを呼び出した。

ワカヒコは、溌剌《はつらつ》とした若者だ。身のこなしは敏捷で、頭の回転も早い。天真爛漫な明るい性格は、女達にも人気がある。

天君タカギは、言った。

「お前を、葦原中国に遣わす。先に行ったホヒやウシがどうしているのか、調べよ。大国主を監視し、その動向を我等に伝えよ」

ワカヒコは、答える。

「葦原中国の様子を調べることなど、たやすいことです。お任せください」

天君は、安堵した。

「よく言った。では、お前に、天鹿児弓《あまのかごゆみ》と天羽羽矢《あまのははや》を授けよう。これらは、神の弓矢だ。お前の任務を妨げる者があれば、射るがよい」

「このような弓矢を賜れば、まさに、敵なし。必ずや、よい結果を得て参ります」

そう宣言し、ワカヒコは、意気揚々と出立《しゅったつ》した。

出雲に着いたワカヒコが、大国主の屋敷の前で名前を告げると、すぐに中へ通された。

「なんと、無防備なところよ」

ワカヒコは呆れて、そう呟く。漢の脅威、部族の争いを常に警戒している高天原では、考えられないことだ。

「こちらで少しお待ちください」

そう言われ案内された部屋には、椅子と卓があり、卓上には、菓子が盛られている。

「私が空腹だと気づき、菓子を出すのか。それとも、毒でも入れてあるのか」

ワカヒコは、菓子には手を出さず、警戒しながらじっと待つ。

「おお、やはり、ワカヒコではないか！」

聞き覚えのある声に顔を向けると、ホヒの息子ウシだ。

高天原にいたときよりも、顔色がよく、にこやかに笑っている。その隣にいるのは、ホヒ殿だ。二人とも、元気そうではないか。幽閉されているのでは、なかったのか？

戸惑うワカヒコに、ホヒが言う。

「ワカヒコ、大国主殿だ」

そして、大国主が、入ってくる。初めて見る大国主は、ワカヒコが想像していた人物とは、違っていた。美男子には違いないが、次々に女に手を付ける男には見えない。

むしろ、温かい好印象を受ける。

ワカヒコは、頭を下げた。

「ワカヒコと申します。高天原の天君様の命で参りました」

「ワカヒコ殿」

穏やかな声だ。

「私の娘、宗像の下照姫《したてるひめ》が、屋敷に来ている」

「アジスキの妹君が？」

「そなたに会いたいと、先程からうるさいのだ。呼んでもよいか？」

ワカヒコが頷くと、すぐに愛らしい姫君が現れた。まだ子供である。彼女は、ワカヒコの傍に駆け寄り、可愛い笑顔で見上げる。

「ワカヒコ様、お兄様から聞いていました。似ているので、よく間違えられると。それで、ずっとずっとお会いしたかったのです。本当に、よく似ていらっしゃる」

ワカヒコの緊張が、解けていく。

大国主も、にこやかに笑っている。

「私の息子に似ているのも、何かの縁。好きなだけ、ご滞在ください」

用意された寝所にワカヒコが行くと、見知らぬ女が出迎えた。侍女の服装をしているが、妙に色気があり、殺気すら感じさせる女だ。

「お前は、誰だ。ただの侍女でないな」

ワカヒコが問うと、彼女は、恭しく頭を下げる。

「さすがは、ワカヒコ様。私は、高天原の密偵、天探女《あまのさぐめ》。ワカヒコ様のお傍に仕え、動向を伝えるよう、高天原から命を受けて参りました」

その時は、高天原のために働くつもりだったのだ。ワカヒコも、天探女も。


紀元前七年。

ワカヒコが出雲に来て、七年が過ぎた。出雲での生活は、居心地がよかった。天探女は、密偵であることを忘れ、ワカヒコの報告も、いつの間にか途絶えている。

「ワカヒコ殿、ずっとこちらにおられるのならば、妻を娶《めと》られては、どうだろう」

大国主は、続ける。

「下照姫も、そろそろ年頃になる。十三歳になるのを待って、一緒にならないか」

幼かった姫も、ワカヒコを慕い、出雲で暮らし続けている。ワカヒコは、頬を紅潮させた。

「よろしいのですか。望むところです」

大国主は、傍らにいる娘にも尋ねる。

「下照姫、そなたは、どうか」

「お父様、嬉しゅうございます」

二人は見つめ合い、微笑みを交わす。

興奮が冷めぬまま屋敷に戻ったワカヒコを、天探女が出迎えた。殺気は薄れ、落ち着いた艶のある女になっている。

「探女よ、私は先程、下照姫と婚約した。いずれ、大国主殿の後継者になるかもしれぬ。お前は、どうする？　このまま、私の傍で暮らすか？　それとも、高天原に伺いをたてるか？」

天探女は、言った。

「私はもう、高天原の密偵には戻れません。このまま、ワカヒコ様のお傍に置いてください」

ワカヒコは、探女の手を取った。

「そうだ、探女。私達は、故郷には戻らぬ。この葦原中国で生きて行こう」

ワカヒコと下照姫の婚約は、渟名川姫がいる越《こし》にも伝わった。越王と家臣達は、すぐさま会議を開いた。

「下照姫は、神の啓示を受けた宗像の姫の娘。ワカヒコは、出雲を継ぐつもりではないのか」

「渟名川姫様、これは一大事ですぞ。我等の建御名方《たけみなかた》様は、大国主殿の長男。本来ならば、出雲を継ぐべきは、建御名方様だ」

「いつまでも越に留めておくから、このようなことになる。すぐさま、出雲に送らなければ」

渟名川姫は、躊躇《ちゅうちょ》した。愛する息子、建御名方は、武術に優れ、勇敢な若者に育っている。できることならば、手元に置いておきたい。

「母上、私は、出雲の父上のところへ参ります」

「ここにいて、越を継げばよいではないか」

「父上の国が、高天原から来た一介の武人に奪われるのは、不本意です。私は、大国主の長男。正妃のスセリ姫様に御子がいない以上、太子は私でしょう」

凛々《りり》しい息子の言葉に、母はため息をついた。

「わかった。だが、無理はするな。いつでも越に帰っておいで」


その頃、宗像では、事代主《ことしろぬし》が神の声を聞くと評判になっていた。彼の父親は、大国主。彼の母は、アジスキや下照姫の母親と姉妹である。

美しい少年だ。もの静かな中に、強い意志を潜めている。幼い頃から、嵐を予想し、大人の相談事にも的確な答えを出し、人々を驚かせていた。

その事代主が、ある日、海の彼方《かなた》を見つめていたかと思うと、すっと右手を上げ、北東の方角を指さした。

「母上、どなたか、私を呼んでいます」

宗像三姉妹の一人である母は、尋ねた。

「なんと言われていますか」

「出雲に来て、私に仕えよ、と」

「出雲の神が……」

「私に仕え、私の意思を伝えよ、と」

宗像の姫は、我が子を抱きしめた。

「お前は、大物主の神の声が聞こえるのだな。我等一族には、祭祀王の血が流れているのだ」

「母上、私は、行かなければ。神様がお呼びです」

真剣な表情で訴える事代主に、母は言った。

「出雲には、葦原中国を治める大物主の神がおられる。お前の父上、大国主様も、下照姫もいる。お前には、何か、役目があるのだろう。出雲にお行き。きっと神様が守ってくださる」

こうして、越の建御名方と宗像の事代主は、出雲で暮らすようになった。

下照姫と婚約中のワカヒコは、二人に会うなり、大きな声で言い放った。

「私は、下照姫と夫婦になる。私を兄と思い、何でも言うがよい。遠慮するな」

思わず頷きかけた建御名方は、慌てて宣言する。

「私は、大国主の長男、建御名方だ。いろいろと世話になる。よろしく頼む」

事代主は、二人の様子を見ながら、静かに微笑んでいる。

ワカヒコと下照姫、凛々しい建御名方、気品あふれる事代主。若い子供達が揃い、屋敷には、明るい笑い声が、響くようになった。


それから一年近くが過ぎた。ワカヒコが出雲に来て、八年になる。

高天原では、オモイカネが、天君の部屋に呼ばれていた。

「オモイカネよ、国を治めることができるのは、特別な人間だけだと思うか」

答えを待たず、天君は続ける。彼は、赤い顔をしている。

「何故、皆、私を裏切る。ホヒも、ウシも、ワカヒコも、少彦名も」

「裏切っているわけではありません」

「裏切っているのと同じだ。何故、皆、大国主の味方をする。私と大国主と、何が違う」

オモイカネの顔を見て、天君は笑った。

「叔父上が困った顔をするとは、珍しい。頭脳明晰、神童と呼ばれた叔父上が」

「天君、酔っておいでですか」

オモイカネの問いには、答えない。

「私の父は、凡庸と言われ続けた。天神族の太子として生まれ、母方も山神族という名門の出であったのに。弟は神童と呼ばれ、父は、凡人と蔑《さげす》まれた。病弱ではあったが、それは欠点なのか？　誠実な人柄であったのに。それは、欠点か？」

「兄上は、立派な方でした。凡庸だと思ったことはありません」

天君は、また笑う。

「新羅が栄え、百済ができ、南ではイト国が栄え、葦原中国は出雲に牛耳《ぎゅうじ》られている。

この高天原の危機に、何故、誰も私を支えようとしない。私が、凡人だからか？　神童でも色男でもないからか？」

オモイカネは、言う。

「天君、しっかりしてください。国を治めるのに必要なのは、国を思う心、民を思う心、自らを律する心です。私は、これからも天君を支えて参ります」

天君は、上目遣いにオモイカネの顔を見る。

「神童の名を欲しいままにした叔父上だ。凡人の気持ちなどわかるまい」

「天君、そのような断定は、よくありません。他人に見せない努力や苦労もあるのです」

「努力や苦労？」

天君は、身を乗り出す。息が酒臭い。

「そんなもの、誰でもしている。努力や苦労が実を結ぶことこそ、恵まれている証ではないか！　努力しようにも、やり方がわからない。苦労しても、報われない。その苦しみが、お前にわかるか！」

「天君……」

　オモイカネの言葉は、遮られた。

「『凡庸』では、いけないのか。神に選ばれた人間は、皆、特別美しいか、特別賢いかなのか。そのようなことでは、安定して国を治めることはできないではないか！

一人の人間に頼る治政は、人々を惑わすだけだ！」

　オモイカネは、言った。

「天君、おっしゃる通りです。美しい人も、賢い人も、皆、年を取ります。輝くような美しさも、人間とは思えないような明晰さも、いつかは衰えるもの」

　ふん、と天君は鼻を鳴らす。

「私は、そのようなことに頼らない治政を、私の子孫に残すのだ。凡庸であることで蔑まれたりしない治政を」

　そして、しばらく外を眺めていたが、振り向いて、言った。

「私は、我が子少彦名に、命を出した」

「どのような」

「大国主を殺せ、と」

「なんと！」

「病死に見せかけ、薬草を使って殺せ、と」

「彼は、高天原に矢を向けた訳ではありません。なにも、殺さずともよいのではありませんか」

天君は、頷いた。

「そうだ。命を奪うのが目的ではない。醜くするだけでもよい、と言い添えてある。美しいというだけで国を得るなど、許すわけにはいかない。天才だの色男だのという奴等に、私は負けない。父のためにも」

オモイカネは、考え込んだ。

「少彦名殿は、なんと言われたのですか」

「まだ、返答を得ていない」

天君は、血走った目で、空《くう》を睨んだ。

「我が子であろうと、裏切りは、許さない」

出雲の少彦名の元には、天君の命を伝えに、天探男が訪れている。

「少彦名殿、ホヒ殿は、温厚な方だが、特に優れているわけではない。けれど、ホヒ殿は、先々代天君の正妃の息子。国の王となってもおかしくない生まれ。少彦名殿が築いてきたこの国を、ホヒ殿に取られても、よいのですか」

少彦名は、何も言わない。先程伝えられた天君の命が恐ろしく、口を開くことができないでいる。

「大国主を倒せば、その功績で、あなたが出雲の王になる。正妃の子でないとはいえ、あなたも天君の息子。大きな功績があれば、この葦原中国を任せてもらえるでしょう」

少彦名は、ぶるぶる震えた。

「私は、そんなことは、望んでいない。どうか、私のことは、放っておいてくれ」

よく晴れた、穏やかな朝だった。大国主と少彦名は、稲佐の海岸にいた。

白い砂浜には、波が描いた網目模様が残っている。小さな島、弁天島が、足元に波を受けている。

「建御名方も、事代主も、将来が楽しみだ。若い二人が力を合わせ、良い国を造っていって欲しい。ワカヒコには、二人を支え、国を支えて欲しい」

大国主は、満足気に言った。

「少彦名よ、我等が造ってきた国は、とても良い国になったと思わないか」

少彦名は、すぐには答えなかった。眉をちょっと寄せ、胸を張ってから、威厳をもって答えた。

「良くなったところもあり。そうでないところもあり」

勿体ぶった口調に、大国主は、笑った。

「お前は、本当にいい男だな。少彦名よ、そうでないところはどこだか言ってみよ。これから、二人で、良くしていこうではないか」

すると、少彦名は、少し怯えた目をした。

大国主は、彼の肩を軽く叩いた。

「そうだな。国造りは、終わりのない仕事だな。我等は、最高の相棒だ。これからも、二人で力を合わせて、良い国を造っていこうぞ」

少彦名は、悲しそうな顔で笑い、何度も頷いた。


高天原では、天君が、家臣を集めていた。

「葦原中国へ行って八年が経とうというのに、ワカヒコからは、なんの連絡もない。天探女は、何をしているのか。何故、連絡がないのか、誰か使いを出して、調べさせよ」

オモイカネが、言った。

「雉鳴女《きざしなきめ》を遣わしましょう」

天君は、雉鳴女を呼んだ。雉《きじ》のように、きょとんとした顔をした、子供のような女だ。

「お前は、葦原中国へ行き、ワカヒコに問え」

「なんと問えば、良いでしょうか」

「『汝を葦原中国に遣わしたのは、葦原中国の荒ぶる者たちを鎮めるためであった。なのに何故、八年も経つのに、成果を報告しないのか』と問え」

「かしこまりました」

頭を下げると、身をひるがえし、雉鳴女は、高天原を発った。


狩りに出ていたワカヒコが、屋敷に入ろうとすると、頭の上から声がした。

「ワカヒコ、ワカヒコ」

見上げると、傍の大木の枝の間に、若い女がいる。その服装を見て、ワカヒコは問うた。

「お前は、高天原の使いだな。何の用だ」

雉鳴女は、天君の言葉をそのまま伝えた。

「汝を葦原中国に遣わしたのは、葦原中国の荒ぶる者たちを鎮めるためであった。なのに何故、八年も経つのに、成果を報告しないのか！」

ワカヒコを出迎えた天探女は、その声を聞き、きっと女を見上げた。雉のような顔をした女が、目をぱちくりさせながら、繰り返す。

「ワカヒコ、何故、成果を報告しないのか！」

探女は、言った。

「なんと失礼な女でしょう！　ワカヒコ様、こんな不吉な女は、射殺しておしまいなさいませ！」

ワカヒコは、探女が言うことも、もっともだと思った。そこで、天君から賜った、天鹿児弓と天羽羽矢を持ってこさせると、雉鳴女に向けて矢を放った。矢は、雉鳴女の胸を貫き、彼女は、木から真っ逆さまに落ちて死んでしまった。

ワカヒコの屋敷から、雉鳴女の遺体が運び出されようとしていたとき、少彦名が、偶然来合わせた。少彦名は、驚き慌てて、屋敷に飛び込んだ。

「ワカヒコ！　ワカヒコ！」

叫びながら入っていくと、ワカヒコに行き当たる。

「少彦名殿、そんなに慌ててどうした」

少彦名は、ワカヒコの袖を引き、近くの部屋に引き入れると、伸び上がって顔を近づけ、押し殺した声で詰め寄った。

「ワカヒコ、ああ、お前、なんてことを！　あれは、高天原の密偵ではないか」

「いかにも。高天原への報告はどうした、どうした、とやかましく言うので、射てやった」

少彦名は、取り乱した。

「そんなことをして、どうなるかわかっているのか」

ワカヒコは、笑った。

「少彦名殿、どうされた。密偵の女を一人、殺しただけではないか」

少彦名は、おろおろと周囲を見回す。

「ワカヒコ、悪いことは言わない。すぐに、出雲を去られよ」

「何を怖がられる。私は、大国主様の後継者。高天原になんの遠慮がいろうか」

少彦名は、頭を振った。

「そなたは、わかっていない。高天原は、本気だ。こんなことが知れたら、命が危ない」

ワカヒコは、また笑った。

「少彦名殿が、これほど怖がりとは。私は、出雲一の武将。襲ってくる不届き者があれば、斬って捨てるまで」

少彦名は、ワカヒコにすがっていた両手を離すと、恐ろしそうに、数歩下がった。

「ワカヒコ、私は、出雲を出る」

声が震えている。

「ここにいては、殺される。私は、ここにいない方がよい。大国主殿のためにも」

「少彦名殿、どうされたのだ」

驚いて問うワカヒコの若々しい顔を、少彦名は見つめた。その両目には、涙が溢れてきた。

「ワカヒコ、くれぐれも気をつけて」

「少彦名殿」

少彦名は、身をひるがえし、足早にワカヒコの屋敷を出た。

数日後には、雉鳴女が射殺されたとの報告が、彼女の胸を突き抜けた矢とともに、高天原の天君の元に届いていた。

血の付いた矢を目にした途端、彼は顔色を変えた。

「この矢は、私が、ワカヒコに授けた矢ではないか！」

そして、使いの者に尋ねた。怒りで声が震えている。

「まさか、ワカヒコが、高天原に矢を向けたと言うのか」

使いは、答えた。

「わかりません。雉鳴女の遺体は、ワカヒコの屋敷から運び出されたそうです」

天君の顔は、みるみる赤くそまっていく。彼は立ち上がり、矢を手に取ると、その矢を高く掲げて、叫んだ。

「もし、ワカヒコが、私の命令を守り、逆らう者どもを射たのであれば、ワカヒコには、当たらず、逆らう者の胸に刺され！　もし、ワカヒコが、私を裏切ったのであれば、ワカヒコを狙い、その胸を貫け！」

「少彦名殿」

低い声に、彼は振り向いた。

「どこへ、行かれる」

黒づくめの男。天探男だ。

「屋敷に、帰るのだ」

「大国主を殺すよう、命が下りました」

少彦名は、黙ったまま、後ずさる。

「ご回答は？」

少彦名は、何も言わない。恐ろしくて、何も答えられない。けれど、思わず、首が左右に振れる。

「断られるのか！」

「できない。……できない」

天探男が、迫ってくる。

「少彦名殿！」

「いや、今は、という意味だ」

慌てた様子の少彦名を見かけ、スセリ姫は、声をかけた。

「少彦名様、どちらへ？」

「姫……」

少彦名は、泣きそうになる。泣いている場合ではない。急がねば。

屋敷に戻った少彦名は、慌ただしく旅支度を調《ととの》え、裏口から抜け出した。身体を動かしつつ、明晰な頭脳も、ぐるぐると動いている。

これから、どうしたらよいのか。身を隠しつつ、大国主に危険を伝えるには、どうしたらよいのか。

どこへ行く？　母君刺国若姫《さしくにわかひめ》様の元へ？　もしくは、兄上大屋彦《おおやびこ》殿の元へ？　とにかく、大国主の味方だと信じられる者の所へ行かなければ。

しかし、高天原を裏切ったことが知られれば、自分もどうなるかわからない。

背後に気配を感じ振り向いた彼は、立ちすくんだ。

天探男だ。

「どこへ行かれる」

「薬草を探しに行くところだ」

思わず、逃げ腰になる。

「高天原を裏切るのですか」

「まさか、そのような」

「父君、天君様を裏切るのですか！」

「そのようなことは……」

少彦名の頭上に、重い木の棒が落ちて来る。羽と血が飛び散った。倒れた彼の顔には、驚きだけが残り、その両目は、遠い空を見上げている。震えていた小さな両手は、軽く丸まったまま、動きを止めた。見えない止まり木を握る、死んだ小鳥のように。

少彦名の小さな身体は、そのまま運ばれ、伯耆との国境に近い粟島《あわしま》の崖の下へと、投げ捨てられた。

五　怒涛

少彦名が姿を消してから、三日目のことだ。

長彦が、急ぎ参上した。

「大国主様」

「どうした」

長彦は、一呼吸おいてから、告げた。

「粟島の海辺で、少彦名様のご遺体が見つかりました」

「何っ」

大国主は、壁で身を支える。この三日間、ずっと胸騒ぎがしていた。

彼は、小声で尋ねる。

「殺されていたのか」

「わかりません。刺し傷、切り傷はありません。崖の下に、倒れていました。足を踏み外されたのかもしれません」

大国主は、息を整え、気を取り直そうとした。

「私は、彼を迎えに行く。皆には、事故だと伝えよ。長彦、一緒に行ってくれるか」

「畏《かしこ》まりました。お供します」


粟島は、入海の東の砂州の付け根にある、小さな島である。

少彦名の頭部には、打撲の跡があり、小さな身体には、擦り傷や打ち身が多くみられた。

「崖から落ちたのでしょうか」

周囲には、話を聞きつけた人々が集まってきている。

「わからぬ」

大国主は、言った。

「屋敷に運び、立派な葬儀を準備してくれ」

「大国主様は、どちらへ？」

「私は、少し立ち寄りたいところがある」

長彦にそう言うと、大国主は、舟に乗った。

長い砂州の内側は、入海である。砂州の外側も、湾になっているため、海は穏やかだ。湾の向こうには、伯耆の国の美しい山、大山《だいせん》が見える。

砂州に沿って北に進み、美保の岬の内側、美保の浜で舟から降りると、大国主は、岬の先端へと登っていく。

岬の先まで行くと、外海の大きなうねりが見えた。切り立った崖の足元に、波が打ち寄せる。息子、事代主がよく訪れている小さな島も見える。事代主は、この海が宗像に似ていると言い、ここに来れば、神の声が聞こえると言っていた。

大国主は、呟いた。

「これまで、少彦名と二人、力を合わせて、国造りを進めてきた。少彦名がいなくなり、私一人で、どうしてやっていけばよいのだろう。私とともに天下《あめのした》を治める者は、また現れるのだろうか」

その時、雲の切れ間から、一筋の光が降りてきた。と思うと、瞬く間に眩《まばゆ》い柱に変わり、海の中へと射し込む。すると、そこから何かが湧き上がり、輝く光の柱の中に浮かび留まった。その姿は眩《まぶ》しすぎて、見定めることはできない。

声が、轟く。

「私がいなければ、お前は、どうしてこの国の大王と成り得ただろうか。私がいたからこそ、お前は、この国を治めることができたのだ」

大国主は、その声を神と知り、畏まった。

「あなた様は、どなたでしょうか」

「私は、お前の幸魂《さきみたま》、奇魂《くしみたま》だ。常にお前とともにあり、この国を治めて来た神、大物主《おおものぬし》だ」

大国主は、尋ねた。

「神よ、今、私の前に姿を現されたのは、どのような御意思でしょうか」

神の声が答える。

「私は、この地を去り、玉垣の内つ国に移ろうと思う。私を、磯城《しき》の青垣の東の山の上に、斎《いつ》き奉《たてまつ》れ。そうすれば、この国の民たちを、これからも守ってやろう」

「確かに、承りました」

大国主が、そう答えると、光の柱は天に消え、海面も元の姿を取り戻した。

美保の岬から美保の浜へと坂道を下りながら、大国主は、考え込む。

何かが起きようとしている。神の声は、その表れなのか。大物主の神が、鎮まる場所を変えようと思われているのだ。普通のことではない。大物主ほどの大神を動かすとは、高天原の天神が動き出したのだろうか。


宮殿に戻ると、大国主は、事代主を呼んだ。

「父上、お呼びですか」

事代主は、澄んだ目をしている。

「事代主よ、神から、何かお言葉がなかったか」

事代主は、少し首を傾けた。

「いいえ。特にはございません」

「そうか」

事代主は、父の様子がいつもと違うことに気づいた。

「父上、何かあったのですか」

「わからぬ」

大国主は、言った。

「事代主よ、高天原が以前から、葦原中国の統治を望んでいるのは、知っているな」

「はい」

「息子よ、もし、高天原が私を捕らえたら、お前は逆らってはならぬ」

事代主は、ばっと立ち上がった。

「父上、何を言われるのです。この国は、父上が築き上げた国ではありませんか」

両目には涙が浮かんでいる。その美しい顔を、大国主は、愛おしく見つめた。本当にまっすぐな、穢れを知らぬ息子だ。父と国とその民のために、日々、神に祈っているのは、よく知っている。この子には、生き延びてもらいたい。

大国主は、優しく諭した。

「この国を築いたのは、私だけではない。私の父スサノオや、その父イザナギあっての私なのだ。私がこの地にいるのは、高天原の天神の意思だ。この地を長く治めてこられた大物主の神さえ、天神の意思を尊重しようとされている。お前は、何があっても、大物主の神とともに生きていくのだ。決して、命を粗末にしてはならぬ。それが、私の、父の願いだということを、必ず覚えていておくれ」

事代主は、父を見つめる。

「父上、何故、そのようなことを言われるのですか。高天原からは、ホヒ様や、ワカヒコ様が来ていますが、皆と仲良く、何の問題も、起きていないではありませんか」

そして、はっとした顔をした。

「もしや、少彦名様の身に、何か起きたのですか」

大国主は、答えた。

「少彦名は、死んだ」

事代主は、急に不安に襲われたようだった。

「もしや、殺されたのですか」

「わからぬ」

「父上、これから何か起こるのですか」

大国主は、息子を抱きしめた。

「事代主、心配するな。お前は、私が言ったことを、忘れるな」


屋敷に運ばれ、横たわる少彦名は、子供のように小さい。けれども、その小さな姿には、子供にはない、豊かな人柄の魅力が溢れている。

スセリ姫は、少彦名の頬にそっと触れた。

「長彦、少彦名殿は、どうされたのですか?」

「薬草を採ろうとして、崖から足を滑らせたようです」

「そう……」

屋敷には、少彦名の死を知った人々が、続々と集まってくる。

「少彦名様は、子供の命を救ってくださいました」

「少彦名様が造る酒は、本当に美味い」

「田が雨で流されなくなりました」

「稲が、虫に食われなくなった」

老若男女、皆、泣いている。少彦名の小さな身体のまわりは、花で覆われた。


それから、数日後、収穫を感謝する新嘗祭《にいなめさい》が行われた翌朝のことだった。

ワカヒコの屋敷に、天探女の悲鳴が響き渡った。

「どうしましたっ」

侍女たちが駆けつけると、探女は、腰を抜かして座り込んでいる。彼女は、震える手で、寝所を指し示した。

「ワカヒコ様が、ワカヒコ様が」

護衛の男達も集まり、寝所へ入る。

ワカヒコは、寝所の寝床で、両目を見開いたまま、死んでいた。その胸には、太い天羽羽矢がまっすぐに突き刺さっている。

「何があった！」

厳しい問いかけに、天探女は、しどろもどろに答える。

「ワカヒコ様は、昨夜は、お元気でした。新嘗が終わって、そのまま休まれました。昼になっても起きてこられないので、起こしに参ったのです。そしたら、このように」

空気を切り裂くような泣き声が近づき、下照姫が、部屋にとびこんできた。そのままワカヒコの身体に取りすがり、泣き叫ぶ。

「ワカヒコ様！　ワカヒコ様！」


ワカヒコの死は、高天原にも急ぎ伝えられた。

「ワカヒコのバカめ。天君様に逆らったか」

ワカヒコの父、天国玉《あまつくにたま》は、嘆いた。

「葦原中国の物の怪に、取り憑かれてしまったのです。あの子は悪くない。可哀想に。せめて、葬儀は、高天原で行ってください」

母親は、声をあげて泣いた。父親も、使いを出し、高天原で葬儀を上げるため、ワカヒコの遺体を引き取った。

ワカヒコの葬儀は八日八夜続き、多くの人々が泣き声をあげ続ける。宗像の一族も、ワカヒコの葬儀に参列した。

「ああ、ワカヒコがいる。ワカヒコが死んだというのは、間違いだったのだ」

「ワカヒコ!」

「ワカヒコ!」

ワカヒコの母親等が取りすがったのは、下照姫の兄、アジスキだ。

彼は、ワカヒコによく似ていた。しかも、喪の服装をしていてもなお麗しく、光り輝くようであった。女達が泣きながら、彼の周囲に寄って来る。

「離せ!」

そう叫んでも、彼女達は取りすがり、離れようとしない。

アジスキは、血相を変えて怒った。

「妹の婚約者であり、親友だったワカヒコのために葬儀に参列したのに、死んだ者と間違えるとは、なんと汚らわしいことだ！」

そして、剣を抜くと、喪屋を斬り伏せてしまった。


ワカヒコが亡くなってから、大国主は、ずっと考えていた。

ワカヒコを殺した犯人は、わかっていいない。何の証拠もない。けれども、何かが起ころうとしている。

時間がないことも感じていた。それは、予感だった。娘の婚約者の葬儀ではあるが、高天原へ行っている場合ではない。いや、今、高天原に行ってはいけない。

急いでやるべき仕事がある。


翌朝、夜が明けるとともに、大国主は、内つ国《うちくに》へ向かうため、出雲を出立することにした。密かに発つつもりだったが、人の気配に振り返ると、スセリ姫だ。いつものように、旅立つ夫を見送ろうとしている。

ワカヒコが殺され、少彦名も死んだ。

夫のただならぬ様子は、スセリ姫にもわかった。確かに、何かが起ころうとしている。夫は、そのために出発するのだ。

大国主は、いつもと変わらぬ穏やかな口調で言った。

「玉垣の内つ国へ行ってくる。留守を頼む」

スセリ姫も、いつも通り、答える。

「行ってらっしゃいませ。道中、お気をつけて」

こうやって出かける夫を、スセリ姫は何度見送ったことだろう。行く先に女が待っていると、わかっていることも多かった。夫は何も言わず、スセリ姫も何も言わなかった。ただ、いつも黙って、見送り、見送られてきた。

その朝も、大国主は、見送る妻に背を向けたまま、鞍に手をかけ、鐙《あぶみ》に片足をかけた。スセリ姫も、いつも通り傍で見守っている。

と、その時、大国主が振り返った。ぽつんと立つスセリ姫。所在なげな、その姿。

鐙から足を抜き、鞍から手を放し、妻の方に向き直り、夫は歌を詠み始めた。

つややかな黒色《くろいろ》の衣《ころも》で装って、
嘴《くちばし》で身づくろいをする鳥のように、わが身を見れば、
何かが違うと、着たばかりの衣を、脱ぎ捨ててしまう。
寄せた波が引くように。

スセリ姫は、目を見開き、夫の顔を見つめた。夫は、続ける。

美しい青色の衣に着替えて、カワセミのように、我が身を見れば、
これも違うと、着替えたばかりの衣装を、また脱ぎ捨ててしまう。
寄せた波が引くように。

山の畑に種を植え、育てた茜《あかね》を臼《うす》でつき、その汁で染めた衣よ、
時をかけ、手間をかけ、心をこめて作られた衣よ、
その衣を身に着けたとき、なんと心地が良いことだろう。

長い年月をともにした、愛しい妻よ、
群れ飛ぶ鳥たちとともに、私は飛び発つ。
群れを率いるために、私は飛び発つ。
「泣かない」
と、あなたは言うけれど、
山辺の一株の薄《すすき》が、穂をうなだれているように、
あなたが、うつむいて泣いているのを、
私は、知っている。

柔らかな朝霧に包まれて、はかなげに立ち尽くす愛しい妻よ、
私の思いを今、あなたに伝えておこう。

スセリ姫は、ただ、夫の顔を見つめ続けている。これまで、このような歌をもらっ

たことはなかった。このような、心のこもった歌など、期待することも忘れていた。

夫の身に、何かが起ころうとしている。夫は、何かを覚悟している。

スセリ姫は、侍女を呼び、言いつける。

「お神酒《みき》を、お持ちせよ」

そして、夫に、歌を返した。

八千矛《やちほこ》と呼ばれる神の命《みこと》、我が夫、大国主様、
あなたこそは、偉大な男。

多くの岬を巡り、多くの磯に打ち寄せる、大波よ。
岬や磯の若草たちは、波の訪れを、ただ待っている。
毎日毎日、大海原を眺めながら、
ただ待ち続ける。
偉大なあなたの訪れを。

私も、その一人。
私が待つのは、あなた唯一人。
私の男は、あなた一人だけ。

ふわりと広がる布囲いの中で、
真白く柔らかな寝具をかけて、
その上に固めの布をかけ、
一緒に休みましょう。

私の柔らかな胸で、
私の白い腕で、
あなたをお守りしましょう。
あなたの腕を枕にし、

ずっとお傍におりましょう。

幾夜でも幾夜でも、ずっと安らかに、

どうぞお眠りなさいませ。

私の心が変わらぬ証に、お神酒を奉ります。

スセリ姫は、侍女に運ばせた酒を、二つの杯に注いだ。こぽこぽと音を立て、少彦名が造った酒は、深く豊かに香る。

言葉もなく見つめあいながら、二人は杯を交わした。そして、どちらからともなく、互いに腕を差し伸べ、しっかりと抱き合った。二つの心は一つに溶け合い、穏やかに落ち着いていく。

そして、大国主は旅立ち、スセリ姫は、その姿を見送った。

高天原では、天君タカギが、重臣達を集めて協議を続けている。

「ワカヒコも、我等を裏切った。もはや、許す訳にはいかない。葦原中国に遣わすにふさわしい武将は、いないのか」

皆は、言う。

「経津主《ふつぬし》は、いかがでしょう。恐れを知らぬ、最強の武将です」

「父親は、イワサクの息子。母親は、ネサクの娘。幼い頃から、武器に囲まれて生きてきた男だ」

「あの男ほど勇猛果敢な武将は、いまい」

「おお、それは、良い考えだ」

そう話が決まりかけたとき、一人のいかつい男が、部屋に飛び込んできた。男は、皆の前に進み出る。

「経津主だけが、勇猛果敢だと言うのか！　奴が最強の武将で、何故、私が、最強でないのか！　納得いく説明をしていただきたい！」

武甕槌《たけみかづち》だ。顔を真っ赤にして、怒っている。

「私に勝る武将は、おらぬ！　葦原中国へは、私を遣わしていただきたい！」

その声は、雷《いかづち》のように轟く。勢いに押された一同は、その場ですぐに同意した。

「おお、それなら、お前も行けばよい」

そして、経津主と武甕槌は軍を率い、葦原中国へと出陣した。


葦原中国の北の外海を岸に沿って進めば、稲佐の浜が出迎える。その稲佐の浜に、高天原の軍勢が現れたのは、十日も経たぬ頃だ。

船団は、砂浜に次々船を乗り上げる。一際《ひときわ》大きな船からは、鎧《よろい》で身を固めた、居丈《いたけ》高《だか》な男が二人、降りてきた。軍を率いる、経津主と武甕槌だ。

剣を高く掲げ、砂浜にぐさりと突き刺した二人は、集まった人々に向かって、大声で叫んだ。

「大国主を呼べ！」

出雲へ引き返していた大国主の元へ知らせが届く。

大国主が稲佐の浜に着くと、経津主が、書簡を読み上げた。

「天君タカギ様の命令を伝える。『汝が治める葦原中国は、天つ神の御子が治めるべき国である。お前の考えを述べよ』」

大国主は、答えた。

「天つ神の仰せとあれば、私にお断りする術はありません。ただ、葦原中国を治める大物主の神の声も聞かねばなりません。それを聞くのは、我が子、事代主。この息子の言葉を聞かねば、決められません」

「それでは、事代主を、すぐ連れてまいれ！」

「彼は今、鳥を捕らえ、魚を捕るため、美保の御崎に行っております。使いを出しますので、戻るまで、お待ちください」

「わかった。では、待とう」

武甕槌は、重ねて言った。

「我等は、腰抜けのホヒ殿や、お調子者のワカヒコとは、違う。お前と話し合うつもりはない。ごまかしにも乗らぬぞ。おかしなことをしたら、すぐに兵をさしむけるから、そう思え」

大国主は、言った。

「おかしなことなど、いたしません。けれども、このような大きな決断は、神の声を聞かずにすることはできません。事代主の元へは、すぐに使いを差し向けます。宿を用意しますので、ゆっくりお待ちください」

大国主は、穏やかな包容力のある口調である。思わず同意しそうになった武甕槌は、慌てて言った。

「ゆっくりなど、せぬ！　使いには、諸手船《もろたぶね》を使わせよ！　我等は、この浜で待つ。大国主殿も、ここにいてもらう。何か企んだら、命はないと思え」

「諸手船」は、複数の漕ぎ手が漕ぐ船である。大国主は、伝令役にイナセハギを選んだ。そして、武甕槌は、大国主に縄をかけ、その場に留めたのである。

潮が満ち、砂浜を濡らし、やがて引いていく。イナセハギが稲佐の浜に戻った時には、日も暮れようとしていた。そこに、事代主の姿はなかった。

武甕槌は、イライラと立ち上がった。

「事代主は、どうした！」

「大変でございます！」

イナセハギは、叫んだ。

「何があった」

イナセハギは、馬から転げ落ちるように降りると、武甕槌の前に跪《ひざまず》いた。

「事代主様は、亡くなられました」

「何！」

「事代主様は、長彦殿と沖に出ておられました。私は、ご命令通り、諸手船《もろたぶね》で沖へ行き、高天原の御意思をお伝えしました。若様は、『天つ神が決められ、我が父が承ったことに、何の異存があろうか』と言われ、逆手《さかて》を打ち、いきなり海に飛び込まれたのです。長彦殿も、若様を追って海の中へ。私も、漕ぎ手達も、お助けしようとしましたが、お二人とも、そのまま、海の底へ消えてしまいました」

武甕槌は、言った。

「逃げたのでは、あるまいな」

イナセハギは、涙を流している。

「事代主様が消えられたのは、かなりの沖合です。とても、泳いで戻れる所ではありません」

「念のため、辺りを調べよ。周囲の街道を通る者を調べよ」

経津主は、縄をかけられ座らされている大国主を、見下ろした。

「お前の息子、事代主は、死んだ。葦原中国を天つ神の御子に返すことに、異存はないそうだ。他に、意見を聞きたい者は、いるか」

大国主は、目を閉じ、しばらく黙っていたが、やがてゆっくりと目を開け、静かに言った。

「私の息子、建御名方にも、聞いてください。他には、誰もおりません」

「わかった。これで最後だぞ」


使いが、建御名方の元へ行き、父が捕らえられ、弟が自殺したことを告げると、建御名方は、大いに怒った。

「我等の国に来て、国を渡せとは、なんということだ！　私が、父を助けに行く！」

そして、重臣達が制止するのも聞かず、十分な準備もしないまま、呼びかけに応じた者達を率いて、稲佐の浜へと向かった。

武甕槌は浜で迎え撃った。高天原の軍勢は、選《え》りすぐりの者達である。急遽《きゅうきょ》編成された建御名方の軍勢は、劣勢であった。幾度か刀を交わすと、建御名方の軍勢は、東へ逃げ始めた。

大国主を経津主に任せ、武甕槌は、建御名方を追う。建御名方は、逃げに逃げ、武甕槌は、それを追い、両者は、信濃国の諏訪湖のほとりまで、やってきた。武甕槌が、建御名方を追い詰め、殺そうとしたとき、建御名方は、ついに許しを請うた。

「参りました。お許しください。この地の外には、もう行きません。また、父、大国主が承諾したことに従います。我等が治める葦原中国は、天つ神の御子の命令のままに、献上いたします」

武甕槌は、それでも建御名方を殺そうと思い、一度は太刀を振り上げた。しかし、ふと周囲を見渡すと、いつの間にか多くの人々が集まり、遠巻きに囲んでいる。

武器を持つ者達だけではない。ある者は鍬《くわ》を持ち、ある者は鉈《なた》を持ち、ある者は櫂《かい》を握りしめる。彼らの怒りの感情が、ひしひしと伝わってくる。

そうだ。この地は、建御名方の母の一族が治める国「越《こし》」の勢力圏であった。あまりに遠くまで、追って来すぎた。

「わかった。命だけは、助けてやる。お前の言葉は、高天原に伝えよう。二度と、この地から出るな。約束をたがえば、命はないと思え」

武甕槌はそう告げ、軍を率いて出雲に引き上げていった。

出雲に戻った武甕槌は、幽閉されていた大国主を訪ねた。

「建御名方は、出雲を去ったぞ」

大国主は、黙って、武甕槌の顔を見つめた。

「息子がどうなったか、尋ねないのか」

「建御名方は、どうなったのですか」

「諏訪の国まで逃げて行った。殺そうと思ったが、諏訪から出ぬことを条件に、命だけは助けてやった」

大国主は、黙っている。

武甕槌は、イラつきながら、言った。

「これで、お前の息子二人は、反対できなくなった。もはや、国を譲ることに異存はあるまいな」

大国主は、静かに答えた。

「異存は、ありません。この国は、天孫にお譲りいたします。どうか、民を傷つけることだけは、なさいませぬように」

「わかった。約束しよう」

そして、声を張り上げた。

「大国主よ、そなたには、高天原に来てもらう。覚悟せよ！」

六　国譲り

大国主は、縛られ、船に乗せられ、高天原へと連行されて行く。途中の停泊地でも、大国主は船の上。奪還《だっかん》を恐れてのことだ。食事は与えられるが、腰縄が解かれることはない。事代主のように、海に身を投げられてはかなわない。生きたまま連れて戻らねば、逃がしたと疑われる。

大国主は、一人静かに、星空を見つめていた。

スセリ姫に会うことは、もうないだろう。まっすぐな、姫。何の計算もなく、裏表のない心で、ただ愛してくれた。初めて出会った時から、ずっと。

健御名方は、生き延びた。事代主は、無事、逃げ切っただろうか。


高天原の宮殿には、大国主を一目見ようと、重臣達が集まっている。その中を、葦原中国討伐の大手柄を立てた一行が、玉座に向かって進んで行く。先頭を歩くのは、経津主と武甕槌だ。大柄の二人の後ろには、髪を下ろした、疲れた様子の美しい男が続く。彼の両手は、身体の前で縛られ、腰に巻かれた縄の端は、背後の兵士の手に握られている。

玉座の前で、大国主は前に押し出され、後ろから膝を折られ、跪《ひざまず》かされる。

「お前が、スサノオの息子、葦原中国の大王、大国主か」

顔を上げた大国主に、アマテルは、息をのんだ。髪を下ろしたその顔は、亡き母に、あまりに似ている。

「噂通りの色男ではないか」

天君の言葉の皮肉な響きに、追従の声が飛ぶ。

「何人の女とやったのだ！　言ってみよ！」

アマテルの身体は、震え始めた。

懐かしい母イザナミが、縄をかけられ、捕らわれている。疲れはてた姿で、高天原の男達に囲まれ、嘲笑を受けている。

よろめきながら出て行くアマテルを、オモイカネが追った。

「アマテル殿、どうかしたのですか？」

壁にすがって座り込んでいたアマテルは、オモイカネの顔を見上げた。

「母でした」

「え？」

アマテルの目に、涙が溢れる。

「母と同じ顔でした」

オモイカネは、聞き返した。

「大国主が、イザナミ殿に似ているのですか?」

「信じられない……」

アマテルの頬を、幾筋も涙が流れる。

「また、母に会えるなんて……」

「アマテル、しっかりしてください。彼が、イザナミ殿のはずがない。彼を不憫《ふびん》に思う心が、そのように見せているのです」

アマテルの唇も、両手も、細かく震えている。

「誰か!」

オモイカネは、叫んだ。

「アマテル殿を、部屋へお連れせよ。お疲れなのだ。休ませよ」

侍女達に支えられながら、アマテルは部屋へ戻った。先程見た大国主の姿が、脳裏をよぎる。

そう、年頃も同じくらい。優しい母、朗らかで、温かい、他人を傷つけるようなことをしない、そんな母が、縄をかけられ、笑いものになっている。

母は、化け物なんかじゃない。

そう叫びたかったのは、スサノオだけではない。私も同じだった。

母は、誰よりも美しく、誰よりも善良だった。

化け物なんかじゃない！


審判の場に、オモイカネは戻った。アマテルの取り乱した姿が、目に焼き付き、離れようとしない。

天君が、言う。

「大国主よ、私も、お前を見習おう。お前に、私の娘、三保津姫を与える。この娘を正妃とし、葦原中国の八十万《やそよろず》の神々を率いて、皇孫《すめみま》のために、守り奉れ。そうすれば、お前の命は、助けてやろう」

大国主は、黙っている。

天君は、続ける。

「婚姻で、和平を行うのが、お前のやり方であろう。異存はあるまい」

そうだ。葦原中国の女達の憧れの的大国主は、命惜しさに出雲の女を捨て、高天原の王女の男になるのだ。

大国主は、静かに答えた。

「私の正妃は、スセリ姫です」


牢獄に入れられた大国主は、冷たい床の上に、静かに座っている。オモイカネは、壁にもたれ、腕組みをして、大国主の顔を見つめた。噂に聞いていたような、人を惑わす感じはない。それでも、本当に美しい男だ。

視線に気づいた大国主が、顔を向ける。

「そなたは、それほどイザナミ殿に似ているのか？」

大国主は、静かに答える。

「そのようなことを、言う人もいます。私は、お会いしたことがないので、わかりません」

「私も、会ったことがない」

　オモイカネは、言った。

「そなたが、葦原中国を善く治めていたのは、聞いている。だが、国というものは、誰もが納得する権威と、公平な仕組みによって治められるべきものであろう。秦《しん》は、わずか二代で滅びた。一人の力に頼った国の統治が危ういことは、そなたにも理解できるだろう」

　大国主は、黙って聞いている。

「天君の娘、三保津姫を正妃とせよ。私の父ヨロズは、そなたの祖父イザナギと兄弟だ。そなたにも、天神の血が流れている。三保津姫を正妃とし、生き延びて欲しい」

「私の正妃は、スセリ姫です」

「何故、それほどこだわる。お前が多くの女を妻にし、子供を得たのは、争いを避けるためだったと言うではないか」

　大国主は、微笑んだ。

「それほど強い信念があったわけではありません。憎しみは、国を亡ぼす。私は、憎しみより、愛する方を選んだだけです」

「憎しみが国を亡ぼすと言ったが、特定の人への深すぎる愛も、同じではないのか。冷静な判断を狂わせ、結果的に、国を亡ぼすのではないのか」

花びらが舞う道を、美しい少女と並んで歩く自分の姿が、ふと、オモイカネの心に浮かんだ。あれは、藤の花だった。甘い香りがたちこめていた。愛しい少女、十三歳のアマテル。その恥じらう笑顔。あの時の、胸の鼓動。頭が心にひれ伏す、痺れるような感覚。すべてを失ってもよいと思うほどの、幸福感。

私は、国を選んだ。そして、彼女も。

遠い昔の話だ。

オモイカネは、言った。

「大国主よ、そなたが命を落とすと、深く悲しむ人達がいる。それでも平気なのか」

牢獄の小さな窓から、月が見える。

最後に、スセリ姫に見送られて内つ国へ行ったのは、磯城彦を訪ねるためだった。長彦一人を伴い、磯城に辿り着いたのは、明け方近かった。初めて来る場所ではなかったが、大国主は、改めて周囲を見渡した。

穏やかな山並みに囲まれた盆地には、出雲のような解放感はないが、包み込まれる安心感がある。柔らかな朝靄《あさもや》が、優しく盆地を満たす。湿り気の多い、しっとりとした空気。土の香り、草木の匂い。ここが、神が選ばれた場所だ。

磯城彦の屋敷を訪ね、長彦が戸を叩く。出て来た家人に、磯城彦への取次《とりつぎ》を頼んだ。

「大国主殿ではありませんか。どうぞ、中へお入りください」

突然の内密の訪問であったが、磯城彦は、何かを察していたかのように、出迎えた。

「磯城彦、そなたに頼みたいことがあって来た。高天原の使者が、度々出雲を訪れていたのは、知っているか」

「ホヒ様やその御子ウシ様、ワカヒコ様達のことですね」

「ワカヒコは、何者かに殺された。胸を矢で一突きされていた」

磯城彦は、一瞬言葉を失った。

「……なんと、おいたわしい」

「あの矢は、高天原の矢だ。私は、高天原と、争うつもりはない。ワカヒコが遣わされた目的もわかっていたが、私の娘、下照姫と夫婦にし、出雲を支える一人として育てるつもりだった」

大国主は、息をついだ。

「そのワカヒコが殺された。それだけではない。少彦名も死んだ。殺された証拠はない。けれど、それが、高天原の意思だ。私も、どうなるかわからない」

磯城彦は、憤った。

「出雲の国は、大国主様の父君、スサノオ様が守り、大国主様が、大きく育てられた国。高天原のものではありません」

「高天原は、そうは考えていない。ワカヒコが殺されたのが、その証拠だ」

磯城彦は、長彦の顔を見る。長彦も、暗い顔で頷く。

「どうなさるのですか。高天原が軍を差し向けるのならば、私は、内つ国の皆に声をかけ、大国主様のために戦います。海を越えてくる者達より、ずっと多くの兵を集めることができる筈です」

勢い込む磯城彦を、大国主は遮った。

「いや、それは、望まぬ。それでは、多くの民が死ぬことになる。高天原が手加減する気がないことは、よくわかった」

「では、私への頼みとは、なんでしょうか」

大国主は、言った。

「少彦名が去った後、私は、大物主の神の声を聞いたのだ」

「大物主の神ですか」

「そうだ。葦原中国の大神、大物主の神だ。今思えば、ワカヒコが殺されたのは、そのすぐ後のことだった」

磯城彦は、熱心に聞いている。

「神は、なんと、言われたのですか」

「出雲の地を去り、この三輪の山の上に移ろうと思う、と言われた」

「磯城の三輪山の上ですか」

「そうだ」

　意外な展開になり、磯城彦は考え込んだ。

「私の息子、事代主を知っているな」

「存じています」

「あの子は、大物主の声を伝える祭祀王を継ぐ者だ。私は、なんとしても、この息子を三輪の地に移し、大物主の神の傍で、出雲の魂を受け継ぐ者として、生き延びてもらいたい。高天原が本格的に乗り出してくれば、私の命を差し出すしかないであろう。事代主は、まだ子供だ。私が死んだ後、一人では身を守れまい。磯城彦殿、頼む。この地まで、なんとか事代主を届けるので、三輪山の神を祀り、事代主を密かに守ってはくれまいか」

　磯城彦は、がくりと肩を落とし、すすり泣いた。

「大国主様、そのような悲しいことをおっしゃらず、高天原の兵達と戦いましょう。万が一、出雲の地が奪われたならば、この内つ国で戦いましょう。我等は皆、大国主様の味方です。ましてや、大物主の神が、この内つ国に移られるのであれば、必ずや勝利できるでしょう」

大国主は、磯城彦の手を取った。

「磯城彦殿、そなたの気持ち、嬉しく思う。しかし、大物主の神でさえ、出雲を譲ると決められたのだ。私が逆らったところで、民を守ることはできまい。私はもう、民を守ると決めたのだ。そなたのことは、本当に頼りにしている。三輪山の神と、我が息子、事代主のことを、よろしく頼む」

磯城彦は、泣きながら、承諾した。

「かしこまりました。大国主様も、どうぞご無事で」

出雲への帰り道、大国主は長彦に言った。

「長彦、これからは、事代主に仕えよ」

「大国主様の警護は、どうするのですか」

「私のことは、もうよい。お前は、大物主の神を祀ってきた登美族の一員だ。どうか事代主を守って欲しい」

良からぬことが近づいているのは、長彦にも感じられた。

「私は、何をしたらよいでしょうか」

大国主は、言った。

「出雲に帰ったら、事代主から離れるな。機会を見つけ、磯城彦殿の元へ、内密に届けよ。誰にも悟られるな。必ず、送り届けよ」

長彦は、頷いた。

「承知しました」


大国主は、事代主にも言い含めるつもりだった。けれども、その前に、武甕槌達が来てしまった。何も知らぬイナセハギは、漕ぎ手を集め、諸手船で沖に向かい、高天原の意思と大国主の返答を伝えた。

「わかった。私は、父の意思に従う」

そう答えながら、事代主は、逆手を打ち、海に身を投げる。「逆手」とは、通常とは異なる拍手《かしわで》であり、理不尽への怒りを神に伝え、抗議の自殺を図ったのだ。

「若様！」

長彦は、慌てて後を追い、海に飛び込んだ。目を固く閉じ、ぼこぼこと泡を吐きながら、事代主が沈んでいく。長彦は、沈んでいく事代主を追いかけ、後ろ襟をつかむと、両足で大きく水を掻き、海面へと浮き上がる。

突然の出来事に驚くイナセハギに向かい、長彦は叫んだ。

「イナセハギ、若様と私は、海に沈んだと、高天原の使いに伝えよ！　これは、大国主様のご命令である！」

「は、はいっ」

事代主の口元が波に浸からぬよう背後から支え、立ち泳ぎで波に揺られながら、長彦は、諸手船の一行を見やった。イナセハギの後ろから、逞しい漕ぎ手達が顔を出している。彼等を信用してよいのか。いや、迷っている時間はない。

長彦は、覚悟を決め、一行を見据えた、

「私は、これから、若様を連れて逃げる。お前達は、時間を稼げ！　若様の命がかかっている。高天原の奴らには、絶対、悟られるな！」

イナセハギは、急なことに混乱しつつも、言われたことを理解し、状況を把握した。

「な、長彦さま、こ、ここから泳ぐのは、無理です。一旦、船にお戻りください」

その言葉に、長彦は、少しだけ冷静さを取り戻す。

「イナセハギ、お前の言う通りだ。若様を船に上げる。手伝ってくれ」

「はい」

イナセハギが指示を出し、漕ぎ手達は、敏捷に動いた。事代主達の船に漕ぎ寄せ、ひらりと一人が飛び移り、諸手船と繋ぐ。その間、別の者が海に入り、長彦と事代主を支える。彼等は、二人を船に引き上げ、事代主に水を吐かせた。

髪から滴を垂らしながら、長彦は、早口に言った。

「誰に見られるかわからぬ。時間もない。うまくやらねば」

イナセハギは、必死で頭を巡らせる。本来、密使の役も担う者である。事代主を救うために、急ぎ段取りを決めた。

「長彦様、お二人とも、諸手船にお移りください。伯耆の国に、信頼できる者がおります。その者の家で、馬と着替えを手に入れ、お逃げください」

「事代主様の船は、どうする」

「岬の裏手の岩場で反し、転覆して流れ着いたようにしましょう。」

「高天原の連中は、待たせておけるか」

「私は、日暮れまでには、戻ります。海原でお二人を探していた、と申します。長彦様は、その間にお逃げください。彼等にとっては、見知らぬ土地。日が暮れれば、抜け道まではわからないでしょう」

長彦は、イナセハギを見つめた。これほど頭が回る者だとは、今まで知らなかった。なんと頼もしいことだろう。

「我等は皆、大国主様の味方です。後のことは、心配無用です」

イナセハギの言葉に、漕ぎ手達が、皆、頷く。

長彦は、気を失っている事代主を腕に抱いたまま、頭を下げた。

「わかった。よろしく頼む」

そして、武甕槌が真相を確かめに兵を差し向けたときには、長彦は、すでに山道を急いでいた。ぐったりした事代主に縄をかけ、赤子のように背に負った姿で、長彦は馬を走らせる。磯城彦が待つ、玉垣の内つ国へと。

「大国主様」

小声で呼びかける者がいる。食事を持ってきた女だ。

「外にいる男からの伝言です。三輪山の宝物は、無事、受け取った、とのことです」

「そうか」

大国主は、ほっと息をついた。密かに出していた使いが、知らせを届けたのだ。肩の力が抜けた。


私を守り、大王にしてきた神の力は、私から離れてしまった。大物主の神は、磯城の三輪山に移ると言われた。事代主が無事辿りつけたならば、神の意に叶った人間だということになる。そうであれば、後は、神が守ってくださるだろう。

建御名方は、母の地、越の勢力圏まで、無事、辿り着いた。建御名方ならば、おそらく、新しい国を築いていけるだろう。彼ら二人が生き延びてくれれば、出雲の思いは、絶えることはない。

私の役割は、終わった。もう、何も思い残すことはない。


大国主は、吉野の山道を思い出した。

民のために薬草を集めていた、少彦名。あの嬉しそうな姿。

彼は、私のために、殺されたのだろうか。


看守に案内されて、誰かが近づいてくる。

「ホヒ殿」

ホヒは、牢の格子にすがり、涙声で言った。

「大国主殿、どうか、三保津姫を正妃に迎えられ、生きてお帰りください」

「私には、スセリ姫がいる」

「スセリ姫も、きっとわかってくださいます。姫様のもとへ、生きてお帰り下さい」

大国主は、言う。

「ホヒ殿、あなたにお願いしたいことがあります」

「なんでしょうか」

「私が自ら命を絶てば、天孫に敢えて歯向かう者は、出てこないでしょう。けれども、気持ちのやり場がなく、苦しむ人々がいるかもしれない」

「当たり前です。大国主様をこのような形で失い、耐えられる筈がありません」

「ホヒ殿、天君様に伝えて欲しい。私が死んだ後、残された人々の心を慰めるため、私を祀る神殿を建てていただきたい、と」

ホヒは、数歩後ずさった。

「大国主殿、まさか！　黄泉《よみ》の穴の夢を、見たのですか！」

大国主は、思わず笑った。

「ホヒ殿、そうではない。けれど、『黄泉の穴の夢を見たら死ぬ』などと。ホヒ殿も、すっかり出雲の方になられた」

ホヒも、泣きながら笑った。

「出雲は、よい所です。出雲に行けて、よかった。大国主殿に会えて、本当によかった」

ホヒから話を聞いた天君は、ホヒと従者を伴い、自ら牢獄に出向いた。

「大国主よ、国を譲るというのは、本心か」

大国主は、答える。

「私は、戦いは望みません。戦いは、民を苦しめます。私が自ら身を引けば、敢えて戦いを挑む者もいないでしょう。私は、そのために幽界に旅立ちます。私の国の民達が苦しまぬよう、後の事は、よろしくお願いします」

天君は、頷いた。

「よく言った。葦原中国の治政は、今後、天孫が行う。そなたは、神の世のことをせよ。そなたが身を引くのであれば、私は、そなたのために、出雲に新たな神殿を建てよう。柱は高く太く、板は広く厚くしよう。宮のための神田も与えよう。そなたの霊が通えるように、高い梯子をかけ、桟橋と船を用意しよう。そなたの祭祀は、ホヒに任せる」

大国主は、言った。

「そこまでご配慮いただき、感謝いたします。もう何も、望むものはありません。私は、この世を去り、神の世のことをいたしましょう」

天君が引き上げると、残ったホヒが問うた。

「大国主殿、自ら命を絶つなど。死ぬのが怖くはないのですか」

「ホヒ殿は、死なない人を、知っていますか？」

「え？」

「人は、皆、死ぬ。人だけではない。鳥も獣も。木も草も。皆、いつかは、死ぬ。私だけが、死ぬわけではない」

「大国主殿……」

大国主は、真面目な表情で、ホヒを見つめた。

「ホヒ殿、昔、父が言ったのです。『宇賀の地に立派な宮殿を建て、出雲の王になれ』と。今、天君は、同じことを言われた。これは、私の運命。葦原中国の神は、高天原の神に国を譲られた。もう、私の役目は、終わったのです」

おろおろと、ホヒは頭を巡らしている。

「何か、他に、手立てはないものか……」

「ホヒ殿の優しさは、私も知っている。残された民達を、よろしく頼みます」

大国主は、深々と頭を下げる。ホヒは、ただ涙を流し続けた。


翌日、大国主の元に、毒酒が届けられた。両手で抱え、口元に運ぶと、酒の匂いの中に、薬の香が混じっている。その薬酒の匂いを嗅いだとき、大国主の心に、少彦名の姿が浮かんだ。鳥の羽で飾り立て、胸をそらして歩く姿だ。

甲高い声が聞こえる。

「糞をしないで行くのと、粘土を持って行くのと、どちらが遠くまで行けるか！」

大国主は、手にした器の酒を静かに飲み干していく。食道が焼けつき、胃の底が熱くなる。舌が痺れる。

スセリ姫。初めて出会ったときの姿が、目に浮かぶ。潤んだ黒目がちの目を大きく見開き、形のよい唇が少し開いた、愛くるしい表情。軽やかな足取り。気取りのない、素直な心。仔鹿のような姿。

手が震え始める。そっと器を床に置く。小刻みに震える器が、カタカタ音をたてる。

胃の奥から熱い塊が込み上げ、口元から溢れ出る。

スセリ姫。私の正妃。最後に見送ってくれたときの、あの心配そうな顔。

その顔に、呼びかける。

「大丈夫だよ」

目の前が白くなっていく。そして、すべてが遠ざかる。

大国主は微笑み、静かに床に倒れた。


出雲の大川「斐伊川」の河口近くには、宇賀の山裾まで広がる入り江がある。その入り江に面した多藝志《たぎし》の小浜《おばま》で、神殿の建設が始まった。

深く大きな柱穴が掘られていく。やがて、巨大な丸太が運ばれ、その穴に立てられた。その様子を目にすれば、大国主の身に何が起きたのか、誰にでもわかった。大国主を慕う人々は、泣きながら、作業を手伝った。

今まで誰も見たことがないほど太く高い柱が建てられ、その上に神殿が造られていく。長い梯子が、水辺から神殿へと続き、神殿の屋根には、交差した氷木《ひぎ》が掲げられている。

出雲の王、大国主は、亡くなった。

もう、出雲へは帰らない。それは、スセリ姫にもわかった。

神殿が完成すると、大国主の魂を迎える神事が始まった。

水底の土で器を作り、海藻を用いて火を熾《おこ》す。大きな鱸《すずき》を釣り上げ、神となった大国主に捧げる食事を用意する。行うのは、入り江の神の子孫、櫛八玉《くしやたま》だ。

やがて、祝詞《のりと》を上げる櫛八玉の声が、朗々と響き渡った。

私が熾しました火は、
高天原の神産巣日《かみむすひ》様の新宮《にいみや》に、長き煤《すす》が垂れるまで、
地《つち》の下深く、底の石根《いわね》に届くまで、
焚き上げます。

白縄を千尋《ちひろ》も打ち延べ、さわさわに、
大きな鱸を釣り寄せ上げて、
竹籠が、とおとおおに撓《たわ》むほど、
神に御贄《みにえ》を献上いたします。

日が暮れてきた。

月明かりの中、白木の長い梯子が伸びている。梯子の先には、真新しい神殿が、白く浮かびあがる。水面に映る篝火《かがりび》が揺れている。

スセリ姫は、初めて大国主に会った日のことを、思い出していた。

扉を開けた瞬間に見た、あまりに美しい少年の顔を。言葉も出ないまま、ただ二人、手を取りあい、そのまま抱き合った日のことを。


私を背負って逃げた人よ。

馬を駆り、私をさらって逃げた人よ。

ぱちぱちと、篝火の薪が爆《は》ぜる音がする。秋の風に乗り、薪が燃える匂いが広がっていく。白い煙が、薄く広がる。

見守る人々の間から、すすり泣く声が漏れてくる。その声は、次第に広がり、白く輝く神殿の周りを、幾重にも幾重にも、取り囲んでいた。

あとがき

『倭の国から日本《にほん》へ』は、『日本書紀』に描かれた世界をご紹介する物語です。西暦七二〇年に上梓された『日本書紀』。天皇の命により、当時の最高水準の知性を集め、長い年月をかけ、国家プロジェクトとして作成された歴史書。そこに描かれた世界は、実に奥深いものです。

何故、そう書かれたのか。何故、何も書かれなかったのか。書くことで、あるいは書かないことで、後世に何を伝えようとしたのか。そこに秘められた思いを追い続け、十年の歳月が流れました。

興味がある方は、『日本書紀』や『古事記』を読んでみてください。そして、物語の中で紹介しているエピソードの原文を見つけ、「本当にそう書いてある！　千三百年前の書物なのに！」と感激してください。

また、「書かれなかった」部分を繋ぐため、私独自の推測も入れています。ご自分の説と違うところを指摘し、日本古代史談義に花を咲かせてください。

物語に出て来る場所や神社の中には、観光地化していない美しい所がたくさんあります。これらについても、いずれご紹介できればと思っています。

多くを学ぶ機会を与えてくださった奈良大学の先生方、同窓の皆様、書く勇気を与えてくださった多くの方々に、深く感謝申し上げます。

阿上万寿子

参考文献等

『日本書紀』、『古事記』、『先代旧事本紀』、『風土記』

『魏史』「倭人伝」他、日本について書かれた中国の歴史書

朝鮮半島の古代史について、『三国史記』、『三国遺事』

漢字の本来の意味について、『常用字解』他、白川静先生の著作、講義録。

その他、「倭人」等諸々のテーマに関して、多くの方々の著作、新聞雑誌やインターネット上の記事、神社や博物館の展示、発掘記録等を参考にしています。

著者プロフィール
阿上 万寿子（あがみ ますこ）
1959年生まれ
福岡県出身
九州大学法学部　卒業
奈良大学通信教育部　文学部文化財歴史学科　卒業
山口県在住
既刊書
『イザナギ・イザナミ　倭の国から日本へ　1』（2017年　文芸社）
『スサノオ　倭の国から日本へ　2』（2018年　文芸社）

大国主と国譲り　倭の国から日本へ　3

2018年９月15日　初版第１刷発行

著　者　阿上 万寿子
発行者　瓜谷 綱延
発行所　株式会社文芸社
〒160-0022　東京都新宿区新宿1－10－1
電話　03-5369-3060（代表）
03-5369-2299（販売）

印刷所　広研印刷株式会社

ISBN978-4-286-19138-6